君の運命になれたなら
～初恋オメガバース～

Rino Haruta
春田梨野

CHARADE BUNKO

Illustration

榊空也

CONTENTS

君の運命になれたなら　～初恋オメガバース～

高校の入学式で筧映月を初めて見た瞬間、深山朔の自尊心は粉々に打ち砕かれた。

何百という視線が集まる舞台の上で、露ほどの緊張の素振りもなく悠然とマイク台を調節していたその姿から、目を離すことができなかった。

講堂内にひしめく他の新入生たちと同様、紺のブレザーとグレーのスラックスというありきたりな制服を着ているはずなのに、一人だけ纏う空気が違う。

どうしてか朔の目には、彼が他とは違う異質な存在のように思えた。よく観察しようと、思わず前のめりになる。

少年らしい線の細さを残しているものの、十五歳とは思えない長身。しなやかに伸びる成長途中の若木だ。客席から距離があるとはいえ、遠目にも整った顔であることははっきりわかった。

何より、その存在感。ただそこにいるだけで注目を集め、観衆の言葉を失わせる求引力が彼にはあった。

(アルファだ)

新入生総代表として舞台に立った映月に、自分を差し置いてトップ入学したことへの敵対心も忘れて見入った。

首都圏有数の名門男子校というだけありアルファの割合が多いようで、今日の入学式でもアルファらしき見栄えのよい生徒が多いと感じる。しかし、映月ほどの存在感がある者はいない。

中学のクラスでは、アルファは朔だけだった。成績はもちろんトップで、他の生徒たち――多くはベータ――の憧れの的である自負もあった。当然のように、自分のことをアルファらしいアルファだと思っていた。

それが大海を知らぬ蛙の思考だったと、映月を見てはっきりわかってしまった――決して、認めたくはなかったけれど。

映月が挨拶を盛大に噛んで慌てでもしていれば朔もいくらか胸がすいただろうが、その願いはあいにく叶わなかった。短すぎる挨拶をスムーズに終えた映月に内心舌打ちをしながら、舞台を降りる時にすっ転べとすかさず祈ったものの、誰よりも泰然としてアルファらしい少年は、あろうことか欠伸を噛み殺しながら歩いていた。

*

朔は拳を握りしめながら壁に貼り出された紙を凝視していた。

一年生最後の今日は、年間総合成績優秀者が発表される日だ。この学校では生徒たちの競争心を煽るため、毎回のテストの順位を一位から最下位まで漏れなく衆目に晒している。そして学年末になると、一年を通して実施された定期テストの全科目平均点が上位だった者が、総合成績優秀者として発表される。このリストに載った者は終業式で表彰され、記念品の贈呈といったささやかな栄誉を得ることとなっていた。

朔にとって記念品よりも遥かに魅力的なのは、秀才ばかりが集うこの進学校で、優秀であるというお墨つきをもらうことだった。それを大きな目標の一つとして、この一年勉強に励んだ。リストの片隅に滑り込むだけでは意味がない。もちろん、一位を目指した。それだけの努力はしてきたと胸を張って言える。

それなのに、今目の前にあるリストの一番上にある名前は——。

「やっぱ筧が一位か、すっげえなあ。あ！　朔も二位じゃん。やったな！」

隣でパックジュースをちゅうちゅう吸っている堀川に、無邪気に地雷を踏み抜かれる。

（くそ、くそ、くそ！　なんでだ！）

入試トップを譲るという屈辱の日から一年、並々ならぬ努力を重ねてきた。毎日の授業の予習復習は当然のこと、苦手科目の問題は徹底的に解き直し、教師とも仲よくなってそれとなく試験の傾向を聞き出したり……できることはすべてやった。実際、一学期の中間テストではいくつかの科目で一位を取ることができた。が、総合成績では及ばず、それ以降はほとんどのトップを映月に譲ったままだ。

そして今、結局映月に勝てませんでしたという事実を無情にも突きつけられ、自分への怒りやら映月への嫉妬やら、あらゆる負の感情が体の内で渦巻き、今にも全身から発火しそうだ。

　そんな朔の様子にまったく気づいていないのか、堀川は「俺の名前ないわー」などと呑気(のんき)にしゃべっている。

「筧って頭いいし顔もいいし背高いし、やってらんねえよな。非の打ちどころがないアルファっていうかさ。朔もそう思うだろ？」

「そ、そうだな……はは……」

　俺の前であいつを褒めるな殴るぞと叫び出したいのをぐっと堪(こら)え、引き攣(つ)った笑いを返していると、不意に肩に手を置かれた。

振り返ると、この世で一番憎らしい男の、嫌味なくらい整った顔があった。

「来年度もよろしく、朔」

　表情筋が死んでいるのか、台詞(せりふ)の割りにまったく親愛を感じられない無表情で映月が言った。

　しっかりとした男らしい眉に高い鼻筋、濃い睫毛(まつげ)に縁取られた、冴(さ)え冴(ざ)えとした漆黒の瞳。神がよほど気合いを入れて創造したとしか思えない造作は、残念ながら文句のつけどころがない。

　おまけに背も高く、十六歳の現在すでに一八〇センチはあるだろう。手脚はすらりと長く、体全体にしなやかな筋肉がついている。この恵まれた体格は運動部の垂涎(すいぜん)の的で、バスケやらバレーやらサッカーやら、あちこちの部活に準部員のような形で所属し助っ人として駆り出されているらしい。ろくに練習などしないくせにかなり好成績を出しているというのだからまた腹の立つ話だ。

　このすかした面を悔しさに歪(ゆが)めてやると決意してからもうじき一年だが、いまだに叶ったことはない。

「なーにがよろしくだよ、気安く話しかけんな！　あと下の名前で呼ぶな！」

　成績も顔も体格も、何から何まで朔の劣等感を刺激する。特に後の二つは努力ではどうにもならないから厄介だ。

　朔は自分の容姿が好きではなかった。特に嫌なのが父親似の顔だ。大きな榛色(はしばみいろ)の目、小さく整った輪郭とつんとした鼻を持つこの顔は「人形みたい」とよく評される。客観的に見て美形の部類であることは自覚しているのだが、とにかく男らしくない。髪も肌も色素が薄く、血管が浮き出るほどに白い肌は日に灼(や)けても赤くなるだけで、ちっとも健康的な小麦色になってくれない。

　身長は同年代の平均を少し超える程度。厚みのない体は、アルファとしては華奢(きゃしゃ)だ。

　手を振り払って押し退(の)けようとしたが、筋肉質な長身はびくともしない。映月は不思議そうにたずねた。

「なんで？　堀川は呼んでるのに」

「堀川は友達だからいいんだよ！」

「俺は違うのか」

「お前は敵だ、敵！」

映月と最初に会話したのは、一学期の中間テストが終わって間もない頃だ。入学式以来、一方的に映月を意識していた朔だったが、クラスが違うので直接話したことはなかった。

中間テストでは、いくつかの科目で映月を越えてそこそこの満足感は得たものの、総合的に見れば映月の方が上だった。次こそは必ず一位になる、と気合いを入れ直した朔は、昼休みも図書室で勉強していた。

そんな朔の前に映月はいきなり現れ、驚いている朔をじっと見つめてこう言ったのだ。

「中間終わったばっかなのに、息抜きとかしねえの？」

右手に握ったシャープペンシルを、思わず折るかと思った。そんな力はないので、あくまで脳内イメージだが。

その言葉は、そんなに必死こいて勉強しないと上位取れないんだ？　と朔の中で翻訳された。馬鹿にするでもない純粋な疑問、といった口調だったが、むしろ怒りを煽られた。

それ以来、朔は映月を敵認定しているのである。

しかし一方の映月は、朔を見かけると必ずと言っていいほど絡んでくる。朔がどれほど噛みつこうと意にも介さず、友達の真似事のような会話を仕掛けてくるのだ。どう足掻いても自分に勝てない万年二位に絡んで楽しむなんて、趣味の悪さまで一級品か。

こっちは話したくもないし、顔も見たくない。見たくなる時があるとすれば、一位を摑み取った時だ。

「筧、年間一位だって。朔と二人ですげえなあって感心してたとこ」

へらへら笑っている堀川が呑気に話しかける。

俺は感心してねえ！　と殴りかかりそうになるが、当の映月は「知ってる」と興味なげにつぶやいただけだった。

その態度がまた朔の神経を大いに逆撫でする。必死になって順位にこだわっているのに、しれっと一位をかっさらっただけでなく、喜びもしない。さも当然というように、朔の頭上の天井としてそこにある。

「朔の後ろ姿で――」

映月が言いかけると、すかさず睨んだ。

「馴れ馴れしく下の名前で呼ぶな」

「……深山の後ろ姿でわかったから。すごい邪悪なオーラ放ってたぞ。ゴゴゴゴって」

「あははっ、まじか！　二位だって十分すごいのになあ」

二位を連呼するな。よし、仏の顔も三度までだ。後一回地雷踏んだら、鼻持ちならない悪趣味のっぽもろとも殴り倒してやる。

「それより、こっち」

映月は成績優秀者リストの横にある紙を指差す。順位に気を取られて、そっちには気づかなかった。

「ああ、四月からのクラス分け？　どれどれ……おっ、また朔と同じクラスだ！」

二年三組と書かれた枠の中に、堀川のすぐ下に朔の名前があった。時々むかつくが基本的にはいい奴なので、二年でも同じクラスなのは嬉しい。

「……ん？」

見間違いか。上の方に、見たくない名前があったような。

「俺も同じクラスだから。さっきよろしくって言っただろ」

にゅっと長い腕が伸び、『筧映月』という忌々しい名前を指した。

「はあ？　お前理系じゃないのかよ！」

「どっちでもよかったし。深山は文系だって言ってただろ」

そういえば以前、わざわざ教室にやって来て文理選択どっちにするかと聞かれた記憶がある。

「お前っ、まさか俺に合わせて……」

「同じクラスになれるかもしれなかったから」

「そこまでして俺を下に見たいのかよ！」

「いや、そうじゃなくて」

「行くぞ、堀川！　もうこんな奴付き合ってられねえ」

堀川をぐいぐい引っ張って映月から離れた。

「えー、いいのか？　筧の奴、仲間になりたそうな目でこっちを見てるぞ」

「知るか。どうせ自分が一位だからって俺が悔しがるの見て楽しんでるんだ。悪趣味な奴！」

そうかなあ、と堀川は首を傾げているが構わず廊下をずんずん進む。
二、三年はクラス替えがないから卒業まで同じクラスが確定してしまった。
いや、前向きに考えよう。同じ文系なら、引き続き多くの科目で競うことになる。あいつを蹴落として吠え面を拝むチャンスに恵まれたのだ。

俺がこの学校で一番優秀なアルファだということを証明してやる——そう決意を新たにした。

帰宅部の朔は授業が終わったら毎日すぐに下校し、家にこもって勉強している。クラスの連中は何人かでつるんで喫茶店やファミレスに寄り、駄弁(だべ)りながら課題をやったりしているようだが、朔からしてみればそんなものはまったくの無駄だった。一人の方が集中できるし、飲食代だって馬鹿にならない。わからないところは翌日教師に質問する方が正確で効率がいい。

映月を負かすのはもちろん目標だが、そろそろ大学受験も見据えなければならない。予備校に通うつもりのない朔にとっては、いかに時間を効率よく使うかが重要だ。

学校でのむしゃくしゃした気分を引きずりながら、自宅があるマンションの階段を駆け上がる。

部屋の前に着き鍵を差し込んで回そうとしたら、すでに開いていることに気づいた。扉を押し開けて玄関に入ると、どことなく甘い香りが漂ってくる。三和土(たたき)には仕事に出ているはずの父の革靴があった。

リビングのドアを開けると、甘い匂いが一気に濃くなったのがわかる。

「おかえりー」

のんびりとした声に出迎えられた。

この香りの中心にいるのは、部屋着姿の父、眞琴(まこと)だ。机に置いたパソコンと向かい合っている。

壁にかけてあるカレンダーを見ると、来週の月曜から一週間ほど、サインペンで星マークが書かれていた。

カレンダーに書いてある通り、その時期は来週からのはずだが、少し早くやって来たのだろう。会社を早退して在宅勤務に切り替えたらしい。

「なんで鍵閉めてないんだよ。危ないだろ」

眞琴と朔が住んでいるマンションはオートロックつきではない。住人以外も容易に部屋の前まで来ることができるし、万が一この甘い香りに誘われた輩（やから）がドアノブに手をかけていたらと考えるだけでも恐ろしいのに、当の眞琴はちょっと申し訳なさそうな顔をしただけでへらりと笑っている。

「大丈夫だよ、もうすぐ朔が帰ってくる頃かと思ってさっき開けたばっかりだし」

朔が何度注意しても、眞琴はずっとこんな調子だ。危機感のなさにやきもきする。

この社会で自分がどのような存在か、嫌というほどわかっているはずなのに。

「何か食べる？　帰ってくるついでにスーパー寄ったんだ。朔の好きなプリン買っておいたよ」

仕事を中断した眞琴はいそいそと台所に向かって、冷蔵庫を漁（あさ）っている。

「いらない。仕事してないで休めよ」

朔がぶっきらぼうなのはいつものことなので、眞琴も「はいはい」と言うだけだ。

眞琴の背後から手を伸ばして麦茶のボトルを取り出す。コップに注（つ）いでごくごく飲んで、早々に自分の部屋へこもった。

体調に影響を及ぼすほどではないとはいえ、あの匂いを嗅ぐと気が散る。

小柄で童顔な眞琴はとても三十を超えているようには見えない。朔によく似た大きな目と、色素の薄い髪と肌。眞琴の方が顔のパーツが丸みを帯びて、人柄と同じくふんわりとした印象を受ける。

朔と二人でいる時親子に見られることはまずなく、大抵兄弟――時には朔の方が兄だと間違われる。

眞琴はオメガだ。男の身で朔を産み育てた、たった一人の親。

人は男女という性別の他に、第二の性を持っている。

アルファ、ベータ、オメガ。

全人口の九〇パーセント以上をベータが占め、七、八パーセント程度がアルファとされる。残りのわずかな割合に属するのが、オメガという最も異質で希少な性だ。

アルファは優秀、ベータは一般、オメガは劣等――科学的根拠はないが、この通説は人々の認識に根強い。経営者や政治家にアルファの割合が高い一方で、オメガは他の二性より非正規雇用者が多く平均年収が低いのも事実だ。

それにはオメガの身体的特質が関係している。オメガには発情期があり、男女関係なく妊娠・出産が可能なのだ。発情期――ヒートと呼ばれる状態になると凄(すさ)まじいフェロモンを放出し、雄の性欲を刺激する。特にアルファに対してその効果は顕著で、オメガのフェロモンに当てられたアルファ男性は、ラットという発情状態に陥って、そのオメガと性交をするまで理性を失ってしまうことがある。

それを防ぐために、発情抑制剤を服用して発情期をコントロールすることがオメガには義務づけられているが、その効果には個人差があるため、抑制剤だけでベータと同じように生活するのは困難だ。

眞琴は抑制剤の効きがいい方で、発情期でも著しく体調に影響をきたすことはなく、在宅勤務や有休を活用して正社員として働き続けている。

とはいえ、生き辛さを抱えていることに変わりはない。その苦労を間近で見続けてきた朔にとって、オメガという種はただひたすらに哀れな存在だった。顔も見たことのないもう片方の親に似て、アルファで本当によかったと思う。

だからこそ、自分を育ててくれた眞琴に恩返しをしたいと強く願っている。アルファらしくいい大学に入って、いい会社に就職して、眞琴を支える。息子が優秀なアルファであれば、オメガというだけで様々な問題を抱えて生きてきた眞琴の苦労も報われる。

優秀なアルファであることが、朔にとって生きる意味なのだ。

梅雨が明けて夏の暑さが激しさを増す一方、期末テストを終えた学内は穏やかだった。授業の合間の休み時間、教室内に弛緩した空気が漂う中、朔はいつもと変わらず机に向かっている。

「朔、相変わらずすげえなあ。休憩時間まで勉強かよ。あ、今日参観日だから気合い入ってる感じ？」

英語の問題集を広げていたら、前の席の堀川が椅子の背もたれを抱えるようにして聞いてきた。

今日は授業参観日で、ちらほらと保護者の姿がある。とはいえ平日なので、そう数は多くない。

「別に。親仕事だから来ねえし」

今日が参観日であることは把握しているはずだが、当然仕事で来ないものと思っていたので、来るか来ないかすら聞いていない。

むしろ、来られたら困る。圧倒的に若い眞琴は目立つし、下手に騒がれて親がオメガだと知られたくない。

世間一般には若い親はオメガであることが多いという先入観がある。十代後半から発情を起こすオメガは、若い年齢でパートナーを得ることが多い。発情は抑制剤かセックスでしか抑えられないので、パートナーの有無は死活問題だ。

そういえばさ、と堀川は好奇心に満ちた目で言った。

「さっき筧が廊下でスーツ姿のイケメンと話してたんだけど、あれ父さんかなあ。筧んちって確か父さんが社長なんだぜ。忙しいからこんなとこ来られなそうだし、若く見えたから兄ちゃんとかかも」

「ふーん……」

ちらりと教室の前方に視線をやると、席に座っている映月がクラスメイトと話しているのが見えた。

休み時間でも勉強に時間を費やしている朔と違って、映月が授業中以外に勉強している姿を見たことがない。それどころか、授業中でさえ居眠りをしていることもある。教師も一応注意はするが、成績がずば抜けているので大したお咎めもなしだ。

映月を見ていると、必死な自分が馬鹿らしく思えてくる。同じアルファでも格の違いを見せつけられている気分だ。

堀川が言った通りなら、映月の家は相当な金持ちだろう。家族全員アルファだという噂も聞いたことがある。オメガの片親を持ち貧乏暮らしの雑草である朔とは違う、生まれついての勝ち組。

朔が必死になって勉強しているのは、特待生落ちしないためでもある。

入試成績優秀者の朔は特待生として授業料が免除になっている。そうでもなければ、私立高校に通えるほどの経済的余裕はない。成績が芳しくなければ特待生から落とされるので、一瞬たりとも気を緩めることはできないのだ。

チャイムが鳴り、教師が入って来てわらわらと生徒たちが自席に戻って行く。休み時間に騒がしくしていても授業が始まれば一様に皆静かになるのは、さすが進学校といったところだ。

しかし、授業が始まってしばらくすると、一部の生徒が後ろを振り向きながらこそこそと話し出した。

どうやら、参観に来ている保護者の誰かに注目が集まっているらしい。「若っ」「誰かの兄ちゃん?」などという会話が聞こえる。

(……まさか)

嫌な予感がして振り向くと、ぱっと顔を輝かせて朔に手を振る眞琴がいた。

「なんで来たんだよ!」

授業後、人気のない階段の踊り場で朔は眞琴に詰め寄った。

眞琴はスーツ姿で、聞けばわざわざ半休を取って来たという。いつものことながらスーツがまるで似合っておらず、サラリーマンというより入学式帰りの新人学生といった方がしっくりくる。

眞琴は不満そうに口を尖らせた。

「朔の学校生活を見たかったんだよ。去年は仕事で来られなかったし、息子がどんなふうに過ごしてるか知りたいのは当然だろ？」

「わざわざ休んでまで来なくていいから。てか、この学校アルファ多いんだから危ないだろ」

眞琴はきょとんとした後、声をあげて笑った。

「発情期でもないんだから大丈夫だよ。朔は心配性だなあ」

軽い調子の眞琴に苛々する。発情期じゃなくたって、鼻のいい奴はオメガだと勘づく。タチの悪い生徒ならちょっかいをかけるかもしれない。もし何かあったら、傷を負うのは眞琴なのだ。

「眞琴の方こそ、何も考えてなさすぎだろ！　俺が来て欲しいって言ったかよ！」

苛々して思わず声を荒らげると、眞琴ははっとして俯いた。

「ごめん、朔に迷惑かけるつもりじゃ……」

傷ついた様子に、朔の胸は針を刺されたようにちくりと痛んだ。同時に自己嫌悪がじわりと広がっていく。

眞琴に少しでも危険が及ぶのは嫌だ。もちろん、それも本心である。しかし、男のオメガが親だという色眼鏡で見られたくないという本音が、子供っぽい拒否反応を起こしているのだという自覚はあった。

オメガは女性が八割で、男性は二割ほどしかいない。男のオメガはごく少数派であることに加え、男なのに妊娠できるという体質故に、奇異の目を向けられがちだ。

朔が昔からずっと眞琴を名前で呼んでいるのは、学校や外出先で親子関係だと周囲に知られ、注目を浴びるのが嫌だからだ。それに、『父』あるいは『母』と呼ぶのがしっくりこない。朔を文字通り「産んだ」のだから、母と呼ぶのが正しい気もするが、性別は男性である眞琴をそう呼ぶのは抵抗があった。

「深山、次教室移動だけど行かねえの」

階段の上から降り注いできた平坦な声に、気まずい沈黙が破られた。

「か……筧」

見上げて、思わず息を呑む。

踊り場の窓から差し込む西日を浴びて立つ映月の姿は、彫像のようだった。逆光で陰る端整な顔に嵌め込まれた黒い目がじっとこちらを見つめていて、視線を逸らせない。

映月が階段を下りようと動き、はっと我に返る。映月なんかに一瞬でも見惚れてしまった自分に歯ぎしりした。

眞琴と言い争っているところを見られただろうか。子供っぽく声を荒らげている場面など、こいつには見られたくなかった。いや、それよりも眞琴が無防備に口にした、発情期や薬といった言葉が耳に届いていないか心配だ。頼むからこのまま素通りしてくれと祈るけれど、願いも虚しく律儀に朔の傍で足を止める。

「どうも。深山のクラスメイトの筧映月です」

　映月が眞琴に向かって会釈した。

「あ……いつも朔がお世話になってます。朔の父です」

　長身の映月と向かい合うと、小柄な眞琴はまるで子供だ。

　父、という言葉に映月は目を瞠った。

「すげえお若いですね」

「よく言われるよ。あれ、君もしかして……入学式で挨拶してた子？」

　ああ、と映月は気の入らない声で言った。そういえばそんなこともあったな、と思い出したかのようだ。

「そうですけど」

「やっぱり！　随分格好いい子だなあって思ってたんだ。朔ってば自分が総代だって信じてたから、めちゃくちゃ悔しがってて――」

　むぎゅ、と朔は眞琴の口を塞いでぐいぐいと押しやった。

「早く帰れよっ。うぜえな、もう！」

「筧くん、これからも朔と仲よくしてやってね」

「余計なこと言うな！」

呑気に手を振りながら去って行く眞琴を、肩で息をしながら見送る。

「似てるな」

ぼそりと映月がつぶやいた。

「目とかそっくり。大きくて丸っこくて。ああでも、深山の方が綺麗系っつうか、冷たそうな感じだけど」

「うるせえよ」

童顔で男っぽくないと言われているのと同義なのでちっとも嬉しくない。

「性格はまったく似てないな」

「ほっとけ！」

「オメガなのか？」

心臓がどきっと鳴った。

やはり、眞琴と話していた内容を聞かれてしまっていたのだ。映月の表情を窺うが、いつもと同じポーカーフェイスで、冷やかしているわけでも引いているわけでもないように見える。少なくとも、表面上は。

「……誰にも言うなよ」

「言わないけど。なんで嫌なんだ？　わざわざ平日に仕事休んで来てくれるって、すげえ愛されてんじゃん」

「普通、嫌だろ。親がオメガって知られるのなんか」

親が両方アルファのお前にはわからないだろうけど、と心の中で付け足す。

「そういうもんか」

相変わらず感情の読めない声でそう言う。

「お前の親も来てるんだろ。堀川が見たって言ってた」

「あれは兄貴。保護者役は大抵兄貴がやってくれてるから。うちの親、俺のこと興味ねえし」

「え……」

ただ当然のことを口にしただけというような、抑揚のない声だった。寂しさや苛立ちは微塵も感じられない。

(興味ないって……こいつの家、結構複雑なのか?)

どう反応すればいいかわからず戸惑っていると、映月はいきなり思いついたように「あ、そうだ」とこちらを見た。

「言わないって約束、条件つきにする」

「な……なんだよその後出し。この話は終わりだろ」

一体何を要求されるのかと内心びくついたが、大真面目に映月が言い出したのは、思いがけないことだった。

「お前のこと、下の名前で呼びたい。お前も俺のこと下の名前で呼んで」

「はあ?」

なんだそれは。映月は表情に乏しいので冗談なのか本気なのか、いつもわからない。相変わらずわけのわからない奴、と眉を顰(ひそ)めそうになったけれど、やけに真剣な顔で見つめられてたじろぐ。

(……本当に顔がいいな、こいつ……)

男でも見惚れるくらいの美形だ。背も高くて、男っぽくて、嫌でも目が惹(ひ)きつけられる。

「いいだろ」

「え、あ、うん……」

ぼんやりしていたら、思わず頷(うなず)いてしまった。

「やった」

驚くべきことに、映月は滅多に見せない笑顔を浮かべた。

その表情を見て、朔は思わず目を瞬く。クラスメイトと話している場面でも、これほどはっきり笑うところは見たことがなかった。大体いつも、楽しくも面白くもないような顔をしている。

「そんなに嬉しいのかよ、こんだけのことで」

ぶっきらぼうに言うと、映月は満足そうに頷いた。

「朔と仲よくなれた感じがするから」

「なんだそりゃ……」

なんだか毒気を抜かれてしまった。早速名前呼びかよ、と突っ込む気も失せる。

本当に摑みどころのない奴だ。なぜそんなに朔と友情を結びたがるのか気になるが、考察するのも面倒になり、朔は映月の横をすり抜けて足早に階段を上った。


「最近、筧と仲よくなったよな」

まさしく、うだるような暑さと形容するにふさわしい夏のど真ん中。シャワーのように降り注ぐ蟬(せみ)の鳴き声を聞きながら、冷房の効いた教室に朔はいた。

時期は夏休みだが、八月に二週間ほど夏季特別講習というものが希望者向けに催されており、それに参加するため登校している。講習料はかかるものの、塾などに比べたら格安なので、これを逃す手はない。

夏休み中とはいえ参加生徒はかなり多かった。休み時間に堀川が話しかけてくるのもいつも通りで、普段となんら変わらない。

「まさか。気味悪いこと言うなよ」

即答すると、堀川はにやついた顔で「えー」と反論した。

「ちょっと前から下の名前で呼び合ってんじゃん。二年三組のエース同士、友情が芽生えたんだろ！」

「そんなわけあるか！」

映月の方は何かにつけ朔、朔と話しかけてくるが、朔の方からは一切絡まない。あいつと友情を深めたいなんて思っていないし、うっかり苗字（みょうじ）で呼んだら訂正してくるから、それも面倒だ。

「でも筧の方は朔と仲よくなりたがってんじゃん。もうちょっと相手してやればー？」

「嫌だね」

向こうがどう思っていようと、馴（な）れ合うつもりはない。映月への闘争心は勉強のモチベーションを保つための大きな原動力だ。うっかり仲よくなって、映月を蹴落としてやるという気合いがなくなってしまったらどうする――と、そこまで考えてはっとした。うっかり仲よく、などあり得るわけがない。

「あ、そういえばさ。今日講習終わったら花火見に行こうぜ」

「花火？　ああ、すぐそこの海浜公園でやるやつか」

「そうそう。規模は小さめだけど出店もあるんだぜ。せっかくの夏休みなのに勉強だけで終わったらもったいないじゃん」

確か去年も同じ時期に開催予定だったが、雨天中止となってしまい堀川がひどく残念がっていた気がする。

花火自体にはあまり興味はないが、講習も中日を迎えてそれなりに疲労感があり、気晴らしをしたい気持ちはあった。

「いいよ。他にも誰か誘うか?」

「そうだなあ……あ、筧に声かけてみるか」

は? と不満の声をあげる間もなく、続け様に声が降って来た。

「なんの話?」

いつの間にのっそり近づいて来たのか、朔の席のすぐ脇に映月が立っている。

「おーちょうどよかった! 朔と一緒に今日の花火大会行こうって話してたんだけど、筧も来ねえ?」

「行く」

即答だった。イベント事にはまったく興味がなさそうなのに、意外だ。

本当を言うと映月と花火なんてごめん被りたい。しかし、うきうきしている堀川を見ると、無理に同行を拒否して水をさすのも忍びなかったので、今回は我慢することにした。

おしゃべりな堀川が映月の相手をしてくれるだろうし、適当に屋台を冷やかして花火を見ていれば、そこそこ楽しい気分にはなりそうだ。

夕方五時頃に会場である海浜公園まで歩いて行くと、すでにかなりの人でごった返していた。浴衣姿の女性も目立ち、あちこちに鮮やかな花が咲いているようだ。

「花火上がるまでだいぶ時間あるけど、どうする？」

映月が腕時計を見ながら言う。祭の雰囲気にすっかりはしゃいでいる堀川は、りんご飴の屋台を指して声をあげた。

「食いもん買おうぜ！　あ、俺りんご飴買ってくる。お前らもいる？」

映月と朔が首を振ると、じゃあ俺だけ買ってくるわと言い、堀川は駆け足で去ってしまった。

「俺らも晩飯代わりになんか買いに行くか」

「んー……ああ」

映月の提案に、渋々同意した。

二人きりで散策するのはなんとなく嫌なので堀川を待ちたかったが、りんご飴の屋台は長い行列ができており、すぐには戻って来なそうだ。しかも昼から何も食べていないので、そこかしこから漂ってくる食べ物の匂いに強烈に空腹を刺激されて仕方ない。

地元の小さな花火大会とはいえ人出はかなりのもので、朝の通学電車といい勝負だ。少しでも離れるとあっという間にはぐれてしまいそうだが、背の高い映月はいい目印になっている。

すたすたと歩き出した映月を追おうとした時、どん、と後ろからぶつかられてよろめいた。

「っ！」

思いがけず映月の背中にダイブしてしまい、白いシャツに顔がめり込む。制汗剤だろうか、甘くて爽やかな香りがした。

「大丈夫かよ」

「お、お前が急に歩き出すから」

すると、映月はいきなり右手首を摑んできた。思いもよらない行動にぎょっとする。

「離せよ！　こんなんしなくても大丈夫だって」

「はぐれるよりいいだろ」

子供ではないのだから、はぐれたって泣いたりしない。映月に手を引かれる方が、よっぽど恥ずかしくて嫌だ。

しかし映月の大きな手は力強く、振り解(ほど)けそうにない。そのしっかりとした感触にわけもなくそわそわとした。多分、唯一知っている眞琴の手とまったく違い、大きくて骨張っているからだろう。

映月の手がやけに熱い気がする。汗もかかなそうな涼しげな顔をしているのに、意外と

暑がりなんだろうか。

映月の独断でお好み焼きの屋台まで連れて行かれて、八割以上キャベツで構成されているようなお好み焼きを買った後、花火を見る場所を探した。

公園に面する大通りは歩行者天国となっていて、多くの人が道端にレジャーシートを敷いて花火を待っている。

「その辺適当に座るか」

かろうじて三人程度が座れそうなスペースを見つけて、堀川を待つことにした。

買ってきたお好み焼きに手をつけたが、キャベツにソースをかけて食べているのと変わらないのではないかというくらい、味気なかった。キャベツ以外には豚肉のかけらが一つ二つ入っているだけで、家で眞琴が作ってくれるお好み焼きの方が何百倍もおいしい。

しかし隣を見ると、がつがつとすごい勢いで口の中にかき込んでいる。

(すげえうまそうに食ってんな……)

箸が進まなくなって手持ち無沙汰になった朔は、なんとなく映月に話しかけてみた。

「これキャベツばっかかで微妙じゃねえ？　ねちょっとしてるし」

「初めて食べたから他がわからない」

「え、家でホットプレート使って焼いたりしたことないのか？」

「ない。てか、家族全員で食事した記憶がない」

朔は物心つく前からずっと、眞琴が休みの日はもちろん、平日でも残業がある時以外は一緒に夕飯を食べるのが当たり前だった。なので、家族が揃(そろ)って食事した記憶すらないというのは衝撃的だ。

(そういえばこいつの家、会社やってるんだっけ。あんまり子供に構わない親なのかな)

以前、親は自分に興味がないというようなことを言っていたのを思い出す。

多忙な両親のもと、孤独に育ったのだろうか。広い家でぽつんと一人出来合いの夕飯を食べている映月の姿を想像したら、少しだけ切なくなった。

「……俺のもいる?」

「いいのか」

飼い主の食事のおこぼれを与えられた犬みたいに、目がきらきら輝く。意外と素直な奴なのかもしれない。

豪快な食べっぷりを眺めながら、不意に口にする。

「……お前、なんでやたらと俺に構うわけ?」

映月がクラスメイトの誰かに積極的に話しかけている場面は見たことがない。その逆はよく見かけるので友達がいないわけではないだろうが、映月が自分から構うのは朔だけだ。

「朔と仲よくなりたいから」

「だから、それがわかんないんだって。俺、お前に好かれるようなことなんもしてないのに」

むしろ嫌われてもいいくらいだ。顔を合わせるたび睨みつけて、話しかけられても邪険にしている。

映月は考えるような顔をしながら、口元についたソースを手で拭った。

「学校で最初に見かけた時から、なんとなく気になってた。なんか、綺麗な顔してる奴だなって」

朔が思い切り眉を寄せたことに、映月は不思議そうな顔をする。

「褒めてるのに」

「嫌いなんだよ、自分の顔。で、なに？　それで図書室で見かけて絡んできたのかよ」

「図書室？　……ああ、その時じゃない。それより前だ」

首を傾げる。クラスも違ったし、それ以前に接点はなかったはずだが。

「一番最初の中間の成績発表見に行った時、ちょうど朔もいて、めちゃくちゃ睨まれたのが印象的だったんだ。どんな奴なんだろうって気になった」

あまり覚えていないが、確かに一年の頃は映月を見かけるたび、無意識に睨みつけていたと思う。それで興味を覚えたというのだから、変わった奴だ。

「俺、子供の頃から特に努力しなくてもなんでもできるタイプだったんだけど」

唐突な自慢に、朔の眉間に深い皺が寄る。それを見た映月はとりあえず聞け、と言わんばかりに眉を吊り上げてみせた。

「勉強は頑張らなくても常に一番なのが当たり前でさ。友達とか先生にはすごい、とかさすが、とかしか言われなくて」

「帰っていい？」

「待て。——お前みたいなのは初めてだったんだ。すげー敵対心ムンムンで睨んでくるし、負かしてやるって気概がすごかった。実際、一年の時は何科目かお前の方が上だったし」

「……結局トータルではお前の勝ちだったけど」

「柄にもなく頑張ったからな。負けないように」

形のいい唇が緩んで、微笑を形作る。

「部屋に閉じこもって試験勉強するのなんて初めてだったから、兄貴に心配された」

意外——というか、驚きしかなかった。

しれっとなんでもこなす映月が、見えないところで努力していたなんて。

実は映月に意識されていたと知り、気恥ずかしいような搔痒感とともに、親近感が湧いてきた。映月と同じ空間にいる時は無意識に引き結んでいた唇が、自然と解ける。

「なんだ。お前って結構負けず嫌いだったのかよ」

「朔ほどじゃない」

「よく言うよ。必死になって頑張ってたくせに」

ふざけ半分に言うと、映月は真剣な目で朔を見つめてきた。

「必死だよ。だって勝ち続けないと——俺に興味なくなるだろ」

映月の瞳は光を飲み込む夜空のように黒々としている。その目にじっと見られて、動けなくなった。視線が離せない。

制服のポケットの中にある携帯の振動に、無理矢理意識を引き戻されていなかったら、いつまでそうしていたかわからなかった。

「あ……堀川だ」

そういえば、最初に別れてから随分時間が経ってしまっていた。場所は連絡済みだったが、この人混みだ。わからずに歩き回っていたのかもしれない。

「もしもし、堀川?」

『……あ、朔』

後ろの雑音がうるさく、堀川が何を言っているのかよく聞こえない。

「今どこ? 俺たち場所確保したんだけど——」

『ごめん……急に具合悪くなってきちゃって……』

よくよく聞くと、堀川の声にはいつもの軽快さがなく、心なしか呼吸が荒い気もする。

「え、大丈夫か? 今どこにいる?」

『申し訳ないけど、先に帰るわ。俺から誘ったのにごめん……また講習で』

「堀川？　おい！」

そこで電話は切れてしまった。再び電話をかけたが堀川は出ず、代わりに泣きながら謝っている犬のスタンプが送られてきた。心配するなということなのだろう。具合が悪くて倒れているというわけではなさそうなので、ひとまず安心する。

「どうした？」

「なんか、具合悪くなったから帰るって……」

「一人で大丈夫なのか？」

多分、と曖昧に答える。『家に着いたら連絡しろよ』というメッセージを送ると、『了解！』と短い答えが帰ってきた。

「返事来てるし、一応大丈夫そうだ」

「ふーん。じゃあ俺たちは予定通り見てくか」

そうだ。堀川がいないということはこいつと二人きりで花火を見る羽目になったということだ。決して望んだ展開ではないのだが……不思議と、そこまで嫌な気持ちはなかった。先ほど、映月の意外な頑張りを聞いたことで親近感が湧いたからだろうか。

（って言っても、男二人で並んで花火って、ちょっとシュールだよなー……）

辺りを見回すと、男女混合のグループやカップルが多い。やはり、花火大会といったらデートの定番なのだろう。

そういえば、映月に彼女はいないのだろうか、とふと思った。

朔たちの高校は男子校である上に、恋愛にうつつを抜かす同級生を尻目に勉強ばかりやってきたような者が多いので、彼女持ちはほとんどいない。近隣に女子校があるわけでもなく、文化祭に女子高生が遊びに来るなんておいしいイベントも皆無だ。彼女ができたと嘯（うそぶ）く奴がいたら、たちまち追及と羨望と嫉妬の的になる。

映月に彼女がいるという話は聞いたことはないが、朔が恋愛系のゴシップに興味がないので聞き逃しているだけかもしれない。

「お前、せっかくの花火大会なのに、俺と二人でよかったわけ」

「どういうことだ？」

「彼女とかさ、いねえの？」

映月は驚いたように目を瞬いた。

「いない。なんでそんなこと聞く？」

モテそうだし、いるのかなって思った——と、正直に言うのは少しもやっとした。素直に褒めるようなことを言うのは、なんだか癪（しゃく）だ。

「別に、なんとなく」

「朔はいるのか」

ただの雑談だったのに、なぜか尋問でもするみたいな低い声でそう聞かれる。

「いねーよ。彼女作る暇なんかないし」

勉強に忙しくて暇がない、というのも嘘ではないけれど、そもそも恋愛をしたいと思ったことがなかった。誰かと恋をして、付き合ったりなんかしている自分が想像できない——しかしその理由を、今映月に言う必要はない。

わざとらしく、ふざけたような笑みを返した。

「なんか、変なの。お前と花火なんて、男二人でデートかよって」

冗談のつもりだったのだが、映月は目を瞠った後、正面を向いて黙ってしまった。デートなどとからかわれたことが不快だったのだろうか。

いつの間にか辺りは薄暗くなり、間もなく花火が上がる旨のアナウンスが流れ出す。カウントダウンの後、大きな菊の花が青黒い夜空に咲いた。歓声と拍手があがり、次々と夏の夜空が鮮やかな光に彩られていく。会場の先は海なので遮蔽物は何もなく、間近で見る花火はすごい迫力だった。

花火を見たのなんて何年ぶりだろう。小学生の頃、祖父母に連れられて夏祭りに行った以来かもしれない。

映月は、家族と花火を見に行ったことはあるのだろうか。

横を見遣ると、視線がぶつかり合った。映月は夜空ではなく朔を見つめていて、少し慌てたように正面を向き、それ以降朔の方を見ることはなかった。

それは、陰鬱な秋雨が降りしきる昼だった。

二ヶ月ほど前、花火大会に一緒に行って以降、朔は映月と会話することが多くなった。以前のように極端に映月を避けることはなくなり、むしろ自分から話しかけることも増え、堀川と二人でいる時間よりも映月含め三人でいることの方が多いくらいだ。

おしゃべりな堀川、無口な映月と、二人ともマイペースだがそれがかえって気楽で、案外楽しい。堀川のマシンガントークに映月が適当に相槌（あいづち）を打っているのは、もはや見慣れた光景だ。

「堀川は？」

昼休みに入り、映月が朔の席に来てそうたずねた。この頃三人で昼休みを過ごすことが多いため、午前の授業が終わると誰からともなく集まる。大抵、堀川が早く食堂に行こうと急（せ）かしてくるのだが、今堀川は教室にいなかった。

「ああ、保健室行くって。なんか熱っぽいって言ってた」

昼休みが始まった途端、堀川は早々に出て行ってしまった。いつも元気いっぱいな印象の強かった堀川だが、ここ最近保健室に行く頻度が増えたような気がする。本人は、季節の変わり目だから少し体調を崩しやすいだけと言っていたが。

後で堀川の様子を見に行ってみることにして、今日は二人で学食へ行くこととなった。生徒たちでごった返している学食に入ると、ちらちらとこちらへ向けられる視線を感じる。正確には、朔の隣にいる映月へ、だ。

全校生徒が入り交じる場に行くと、映月は嫌でも注目を浴びる。二年の秀才というだけでなく、容姿もずば抜けている映月は学校全体で有名だった。

本人は、そんな視線に気づいているのかいないのか、いつも通り泰然として、掲示されている日替わり定食のメニューを眺めている。

「朔、何にする?」

「んー、カツ丼にしようかな。お前、腹減ってる?」

「うん。残ったらもらう」

映月は大柄な体格に見合った食欲の持ち主だ。食の細い朔には学食のメニューは量が多いので、大抵弁当を持ち込んでいたのだが、映月と一緒に食べることが多くなってからは、たまにこうして学食ならではの昼食を楽しめるようになった。

映月は自分が頼んだ蕎麦大盛りに加えて、朔の残したカツ丼三分の一をぺろりとたいらげた。

その後、予定通り保健室へ堀川の様子を見に行った。しかし、見舞いに来たという二人に養護教諭は不思議そうに首を傾げたのだ。

「今日はまだ誰も来てないわよ?」

奥に二つ並べられているベッドは、脇のカーテンが開かれていて確かに誰も寝ていない。

朔と映月は顔を見合わせた——一体、堀川はどこへ行ったというのだろう。

居場所をたずねるメッセージを送るも、既読にならない。電話をかけてもコール音が鳴るばかりで、堀川が出る気配はなかった。

「あいつ、どこ行ったんだろ。まさかどこかで倒れてたりしないよな」

保健室を出て教室へ戻ろうとしたが、じんわりと胸に不安が広がって足が止まる。

映月が冷静に答えた。

「昼休みで人通りも多いし、もしそうだったら誰かしら気づくとは思う。けど、人気のないところで倒れてる可能性もなくはない」

教室から保健室までのルートで、理科室や図書準備室といった、通常人がいない部屋ばかりの階がある。

教室に戻りがてら探してみて、見つからず連絡もとれないようだったら先生に相談しよう、ということになった。

不安は覚えつつも、堀川のことだ。腹が痛くなってトイレにこもっていたとか、きっとそんなところだろう。心配させちゃってごめん、といつも通りへらへら笑って教室に戻って来るに違いない。そう思っていた。

（……？　なんだ、この匂い）

階段を上った途端、漂う空気に甘い何かが混ざった気がして、朔は立ち止まった。

「朔？」

「なんか、匂わないか……？」

映月は首を傾げている。

どことなく、覚えのある香りだった。一体いつどこで嗅いだのだったか――。

（まさか……）

一つだけ思い当たることがあったが……そんなこと、あるわけがない。

否定しつつも、頭の中に浮かんだ予想とほのかな甘い香りが結びついた途端、朔は猛然と走り出していた。

「朔⁉」

驚く映月の声も無視して、廊下を走った。吸い込む空気に含まれる何かが濃くなっていくのを感じ、鼓動が逸る。

ほとんど直感で匂いを辿った先、図書準備室の扉を開け放った。図書室に入らない本を保管している本棚ばかりの部屋で、普段生徒が入ることはまずない。

扉が開いた瞬間、ぶわっと甘い空気が噴き出て、脳がぐらついた。

（っ、これ、は……）

脳髄を刺激するそれに酩酊するような感覚を呼び起こされ、よろめきそうになる。

「あ……あ、ああっ！」

耳を刺す甲高い悲鳴と、規則的に響く乾いた音。

準備室の中は暗く、今しがた朔が開けた扉から差し込む廊下の電灯だけでは、何が起きているのかすぐにわからなかった。いや、理解できなかった。

「……堀……川？」

見開いた朔の目に映ったのは、床で折り重なった二つの人影。制服を着た誰かが、同じく制服姿の誰かを組み敷いていて——のしかかっている人物は、一心不乱に腰を振っていた。

その下にいるのは、堀川だった。シャツははだけ、見え隠れする下半身には何も着けていない。その表情は陶然としており、ひっきりなしに喘ぎを漏らす半開きの口からはだらしなく涎を垂らしている。

一体何が起きている、堀川がなぜこんな——。

「堀川……!? くそっ」

すぐに追いついてきた映月が、呆然として動けない朔を押し退け、部屋に転がり込んだ。堀川の上で腰を振っている生徒に飛びかかり引き剝がそうとするが、びくともしない。映月よりも小柄に見えるのに、うるさそうに腕を振っただけで映月を押し退けてしまう。

「ラットか……！」

映月は後ろからその生徒を羽交いじめにして、朔に向かって吠えた。

「誰か先生呼んでこい！」

その叫びで、ようやく体の硬直が解けた。ぎこちなく頷き、足をもつれさせながらも走り出す。

混乱する頭を宥めながら、職員室に向かって必死に走った。

幸い、しばらく廊下を走ったところで体育教師と鉢合わせた。確か彼はベータだったはず。朔の事情説明は支離滅裂だったが、尋常でない朔の様子に顔色を変え、すぐに図書準備室へ向かってくれた。

朔も後を追おうとしたが、その場にへたり込んでしまい、動けなくなった。

鼻の奥には、いまだに甘い匂いがこびりついている。それは発情期中の眞琴が纏う香りと、よく似ていた。

「大丈夫か」

廊下で座り込んでいたら、映月がやって来て隣に腰を下ろした。疲れた顔をしている映月のシャツのボタンは何個か飛んでいて、髪が汗ばんだ額に貼りついている。

「……俺は、別に……」

そうつぶやくのがやっとだった。

堀川と、彼を犯していた生徒は、その後駆けつけた教師と映月の二人がかりでようやく引き離され、堀川はすぐに病院へ連れて行かれた。

堀川はオメガで、ヒートを起こしていた。堀川の鞄の中にはヒート抑制剤が入っており、突然の発情に対応するための強力な薬がいくつか服用された形跡があった。薬を飲んで保健室に向かう途中、偶然通りがかったアルファの生徒に襲われたのだろう。

堀川がオメガであったことは、今まで知らなかった。第二性に関する話題は何度も出ていたと思うが、自分のことはベータであるように振る舞っていたと思う。きっと誰にも話さず隠していたのだろう。それも当然のことだ。オメガだと知られたら好奇や偏見の目で見られることは必至で、時にはいじめの標的にすらなる可能性がある。

思えば花火大会の日、具合が悪くなったと言って急に帰ったのも、ヒートを起こしかけていたからかもしれない。それ以外に堀川がオメガである気配を感じたことはないから、抑制剤が効いていたか、多くのオメガがヒートを経験すると言われる十代後半になって、今までにない激しいヒートに襲われたか、どちらかだろう。

今となってはもう、堀川がひた隠しにしていたその事実は最悪な形で露見してしまったのだ。

「首は咬まれてなかったって。……妊娠してなきゃいいけどな」

映月の言葉の前半に少し安堵し、後半のせいで再び沈痛な気持ちになる。

アルファとオメガの間にある、番といわれるシステム。

発情期の性交中にアルファがオメガのうなじを咬むと、オメガの体はその相手を体の関係を結ぶ唯一のパートナーと認識する。アルファは番以外と交わることもできるが、一度番とされたオメガはそのアルファ以外と交わることはできない。他の誰かと性交しようとした場合、肉体的、精神的に強い拒否反応が出るのだ。

なのでオメガは番に捨てられると、その後の発情期を一人でやり過ごすしかなく、辛く孤独な人生を送ることになってしまう。

そしてまた、発情期中のオメガは極めて妊娠の確率が高い。

(眞琴は、あんなふうに……)

無意識に、自分の肩を抱きしめた。

「お前、アルファだろ。よく平気だったな」

映月に問われて、悶々としていた朔は現実に意識を引き戻された。

映月が疑問にしているのは、朔が堀川のフェロモンを嗅いでも理性を保っていたことだろう。個人差はあれど、ヒート中のオメガのフェロモンは強烈にアルファの性欲を刺激し、理性すら奪う――堀川にのしかかっていた生徒のように。

「ラット抑制剤飲んでるから……てか、お前だって」

そういえば、映月もアルファのはずなのに、理性を保ったまま力ずくで止めに入っていた。

映月は平然と答える。

「俺もだよ。抑制剤飲んでたから、なんとか」

アルファ側にも一応、ラットを抑制する薬が用意されている。オメガのヒートに誘発されるのを防ぐためだが、これはオメガ側のヒート抑制剤ほど普及していない。世間一般には、アルファはオメガのフェロモンに抗えないとされており、オメガの方が発情を管理して自衛するべきであるという考えが根強い。万が一アルファがヒートを起こしたオメガをレイプしたとしても、オメガ側の管理不足として不問になる場合がほとんどである。なので毎日服用しなければ効果の出ないラット抑制剤を、面倒を押して使うアルファは少ない。

朔は意外に思った。性的知識の乏しいこの年代で、自分以外にラット抑制剤を飲んでいるアルファが身近にいるとは思っていなかったのだ。

「アルファなのに抑制剤なんて……珍しいな。飲んでる奴、俺以外に初めて見た」

「義務づけられてない方がおかしいと思うけどな。まあ、俺の場合は個人的な事情だけど」

「事情？」

映月はきっぱりと答えた。

「運命の相手以外としたくないから」

運命。歯の浮くようなむず痒い響きに、朔はなんともいえない顔になる。

それに気づいて、映月は不満げに眉を寄せた。

「馬鹿にしてるだろ」

「いや、だってお前……運命って。都市伝説だろ」

運命の番――アルファとオメガの間にあるといわれる、特別な番をそう呼ぶ。

老若男女にかかわらず、どうしようもなく惹かれる相手が、すべてのアルファとオメガにはいるというものだ。どうやって判断するのかといえば、出会えばお互いそうだと「わかる」のだとか。そして運命の番のフェロモンは他とは比べものにならないほど強烈で、相手を虜にするらしい。映画やドラマでよく取り上げられる設定だが、朔はまったく信じておらず、単なる迷信だと白けた目で見ていた。

映月は恥ずかしげもなく続ける。

「俺は、キスもセックスも、運命を感じるほど好きな相手とだけしたい。だから好きでもない相手と事故を起こすのは絶対嫌だ」

強く断言する映月を意外に思う一方、妙に納得した。いくら男子校と言っても、少数ではあるがモテる奴は外に彼女を作っている。映月など突っ立っているだけでうじゃうじゃ可愛い子が寄ってきそうなのに、まったく女の気配がなかったのは、そうした理想を持っているせいだったのだ。

それにしても、この無愛想な男が運命の番を信じるロマンチストだったなんて、ギャップがすごい。

「なんでそこまでこだわるんだ？」

朔にはまったく共感できないため、その理由には俄然興味が湧く。

「多分、親を見てるからだな」

映月は少し考えた後、話し始めた。

「うちの親、両方アルファなんだけど見合いで結婚してるんだ。家同士が決めた相手ってやつ。父親も母親も恋人がいたのに、無理矢理別れさせられたんだと」

今時そんな家があるものなのかと驚いた。庶民の朔には縁のない世界だ。

「父親も母親も、お互いに愛情なんてのはなくて、まともに会話してるとこはほとんど見たことない。金かけるだけが子育てって思ってるような連中だから、手料理も食べたことないし、遊びに連れて行ってもらった記憶もない。小学生の時、初めて友達の家に行って衝撃だった。手作りの飯が出てきて、壁には家族旅行の写真が飾ってある。父親も母親も毎日家に帰って来る」

「…………」

「見合い結婚でも普通に幸せになる家庭の方が多いと思う。でもうちはそうじゃなかった。

そういう親見て育ったから、自分は本当に好きな相手と一緒になりたいと思うようになったんだ、きっと」

悲愴感もなく淡々と話した映月に、なんと声をかければいいのかわからず、沈黙してしまう。

今まで、自分の家庭環境は恵まれたものではないと思っていた。片親で、決して裕福とはいえない生活。

それに比べ、両親が揃っていて金持ちの映月は、なんの悩みもなく育ってきたのだと疑いもしなかった。羨ましいとさえ感じていた。

でも、映月には映月の孤独や苦しみがあるのだ。それは、たとえ裕福でなくても、子供のことを一番に考えてくれる親を持つ朔には、きっとわからないものなのだろう。

「朔は？　抑制剤使ってるの、何か理由でもあるのか」

急に水を向けられて、答えるべきか一瞬の躊躇が生まれた。だが、映月にだけ個人的な事情を話させておいて自分は黙るのもなんだか悪い。それに共にあんな光景を見てしまったのだし、胸の内に渦巻くもやもやを吐き出したい気持ちもあって、朔は口を開いた。

「眞琴……俺の親、オメガだって知ってるだろ」

「ああ」

「眞琴は高校生の時、同級生のアルファにレイプされたんだ。堀川みたいに」

映月が目を見開いて絶句する。

「しかも番にされて……その時に俺を妊娠した。眞琴は高校辞めて、俺を産んで、働いて俺を育てた」

「……相手のアルファは」

朔は鼻で笑った。

「認知するわけないよ。相手は結構いいとこのお坊ちゃんみたいだったし。いろんなものを失ったのは、オメガの方……眞琴だけだ。そのアルファに番にされたから、新しいパートナーを望むこともできない」

これらのことを、朔は眞琴から直接聞いたわけではない。口さがない親戚の噂や、祖父母と眞琴が相談している場面を覗(のぞ)き見て知った。自分の生まれた経緯と、眞琴が犠牲にしたもの。その事実は、朔の心にオメガという存在の哀れさ、アルファとオメガという種の関係性の不平等さを強烈に刻みつけた。

『運命の番』なんていうものは、番という歪(いびつ)なシステムを美化しているだけだと思う。運命だから、なんだと言うのか。アルファの方はいつでもオメガを捨てられることに変わりはない。「理屈なんて関係なく惹かれ合う」など、不確かなものでしかない。

「眞琴みたいに、不幸なオメガを増やしてしまう可能性を自分が持ってると思うと、ぞっとする。番とか恋人とか、欲しいと考えたこともない。だから抑制剤を使ってる」

　言葉を失う映月を見て、少しの後悔に襲われた。こんな状況で吐き出すには重すぎる気持ちだった。けれど、さっき見てしまった堀川の姿が、見たこともないかつての眞琴と重なって、平静ではいられなかったのだ。

　しばしの沈黙の後、映月はおもむろに朔の頭に手を置いた。

「うまく言えないけど……」

　無遠慮に頭を撫でられても、朔は抵抗しなかった。髪をかき分ける大きく無骨な手は、意外なほど優しく、心地よかった。

「お前の父さんは不幸なんかじゃないと思うぞ。少なくとも、お前といるところは幸せそうに見えた」

　普段、本音しか口にしない映月の言葉は、その場しのぎの慰めではないように思えた。気づいたら朔の視界は歪んでいて、瞬くと熱いものが頰を流れ落ちていった。


　あれから一週間経っても、堀川は学校に来なかった。何度もメッセージを送ったけれど返事はなく、あの後どうなったのか、今どうしているのかわからない。事情を知っているであろう教師に聞いても「プライバシーに関わることだから」と教えてくれなかった。

　一方、噂が広まるのは早かった。事があったのは人気のない場所で、映月がすぐに発見したため大きな騒ぎにはならなかったものの、白昼の学校内だ。多少の人目に触れるのは避けられなかった。

堀川がオメガらしいということも、様々な尾ひれがついて校内を駆け巡っている。

「堀川の相手、学校来てないらしいぜ。謹慎だとかなんとか」

休み時間、少し離れた席に座っているクラスメイトの話し声が届いてきて、朔は教科書を捲る手を止めた。

「三年生だろ？　推薦狙ってたら絶望的だな、かわいそ」

「まじで理不尽だよな、どう考えても発情期に学校来た方が悪いのに。オメガに誘惑されたら逆らえないらしいし、アルファの方が被害者じゃん」

耳障りな声に思考を邪魔され、教科書の文字を辿る視線が上滑りしていく。

話しているのは四人グループで、輪の中心の席に座っているのは峰田という生徒だ。授業中でも私語をしてよく注意されている。彼が主体となって噂話をしているようだ。

峰田がにやにや笑いながら言った。

「にしても、堀川がオメガだったなんて驚きだわ。誰彼構わずやりまくりだったりして。俺も頼んでみればよかったかも」

他の三人は「お前まじかよ」と腹を抱えて笑っている。

彼らの下品な笑い声は教室中に響き渡っているが、誰も窘める素振りは見せず、それどころか同調して笑っている者もいる。クラスの連中にとっては、いつものくだらない雑談なのだ。唯一堀川を庇ってくれそうな映月は、購買かどこかに行っていて今は教室にいない。

「オメガっつっても男じゃん。ケツに突っ込むのかよ」

「でも、男のオメガってめちゃくちゃ少ないらしいし、ちょっと興味湧かね？　あいつらって女みたいに濡れるんだって」

もう黙って聞いてなどいられなかった。

急に立ち上がって椅子が大きな音を立てるのも構わず、笑っている四人のもとへ近づく。

「いい加減にしろよ」

低い声で告げると、驚いたように四人が朔を見た。ぽかんとした間抜け面にさらに腹が立つ。朔が何に機嫌を悪くしているのか見当もつかない、そんな顔。

「被害者は堀川だ。あいつの事情も知らないくせに、くだらねえ話してんじゃねえよ」

軽蔑を隠そうともしない声色が癪に障ったのか、峰田が刺々しく反論する。

「堀川が悪いのは事実だろ。学校でヒート起こしたらどんな目に遭うかわかってるくせに、体調管理できてなかったのはあいつの責任なんだから」

握った拳に、無意識に力が入った。

レイプされても、悪いのはヒートを抑えられなかったオメガ。これが普通の考え。

すべてのオメガが発情期をコントロールできるわけではない。ベータやアルファが当たり前に手にしている日常を送るために、彼らがどれほどの苦労を強いられているか、朔はよく知っている。

フェロモンの放出を少量に抑えられるようコントロールする薬を毎日忘れず服用し、鞄の中には緊急用の強い抑制剤を入れて、常に体調に気を配る。発情期には何があろうと家にこもって、いつ引くかわからない熱に耐える。

それが、眞琴の日常だ。

けれど身近にオメガなどいない大多数の人間にとっては理解しがたい、想像すらつかないことなのだろう。

「……堀川は好きでヒートを起こしたわけじゃない。抑制剤がうまく効かないオメガもいる。副作用がひどくて、そもそも抑制剤を使えないオメガだっている。そんなことも考えないでなんの対策もしてなかったアルファに、一ミリも責任ないって言えるのか？　だとしたら呆れるくらい馬鹿だな」

「ああ？」

峰田が下卑た笑みを引っ込め、椅子から立ち上がった。彼はベータだが、朔よりだいぶ目線が高く、バスケ部員なのもあって体格がいい。睨まれると相当な威圧感があるが、朔は負けじと見返した。

こんな奴に友達を馬鹿にされて、大人しくしていられるわけがない。

「おい、お前ら」

低い声が割って入る。映月だった。

たった今教室に戻って来た彼は長い脚をずんずん進め、朔を背に隠すようにして二人の間に立つ。

「もうすぐ先生来るぞ。座っとけ」

「はあ？　深山の方が喧嘩売ってきたんだけど」

映月が朔を振り返りちらりと見る。映月は峰田たちの会話の内容を聞いていないが、朔がなんの理由もなくクラスメイトに食ってかかるわけはないと、わかっているはずだ。

朔は映月の肩越しに、峰田へ挑発的な視線を投げかけた。

「これ以上馬鹿晒す前に黙っとけって言ってやっただけだ」

「てめえっ！」

峰田が映月を押し退け、朔の胸倉を掴む。映月が「やめろ！」と声を荒らげて峰田の肩を掴んだが、峰田の勢いはおさまらない。

峰田は急に唇の端を吊り上げた。嫌な笑みだ。

「あー、やけに突っかかってくると思ったら、そういうことか？」

嘲笑うような声に、朔は顔を顰めた。が、続けて放たれた言葉に、頭の中が怒りで真っ白になる。

「お前の家族、男オメガがいるんだっけ。前の参観日に来てただろ、あれ父親？　めちゃくちゃ若くて可愛い顔してたから覚えてるぜ。堀川と重なって可哀想になっちゃったんだ？　お前アルファじゃん、父ちゃん発情期の時どうしてんの。ムラムラしてやりたくなったりしないわけ――」

峰田の言葉は最後まで続かなかった。朔の拳が、右頬を強かに打ったからだ。

峰田は二、三歩よろめいたが、すぐに猛然と朔に摑みかかってきた。防ぐ間もなく顔に強烈な一撃を叩き込まれる。やはり峰田の方が力が強く、朔は耐え切れずに後方へ転倒した。ぶつかった机や椅子がけたたましい音を立てる。

頭の中がぐらついて、起き上がれない。

誰かの焦った声、驚いた声、何かを止める声――教室中に広がるノイズが、どこか遠くに聞こえる。

口の中に血の味が広がっていくのをただ感じていたら、ガタンという激しい音と共に、悲鳴じみた声が上がった。

顔を上げたら、峰田が冗談のように吹っ飛んで床に倒れ伏す光景が見えた。その峰田に、拳を握りしめた映月がのしかかる。

峰田に馬乗りになった映月の拳が振り下ろされると同時に鈍い音がして、思わず朔の体が竦む。

峰田を殴る映月は恐ろしいほどに冷たい無表情で、目だけがぎらぎらと燃えていた。

「は、映月……っ」

やめろ、という声が掠れて出ない。大きい体に反してまったく暴力的な一面などなかった映月が、まるで別人だ。

やっと来た教師が「何やってる！」と怒声をあげ、凍りついた空気が霧散した。教師とクラスメイトが数人がかりで映月を止めにかかるまで、一方的な暴力はやまなかった。


夕焼けに染まる廊下に、朔は一人ぼんやりと佇んでいた。

峰田から引き剥がされた映月は、そのまま教師に生徒指導室へ連れて行かれた。峰田はクラスメイトに付き添われて保健室へ行き、そのまま早退したらしい。

喧嘩騒ぎがあったのは六時間目の直前だったが、帰りのホームルームが終わっても映月は戻って来ず、朔は生徒指導室の前で映月を待つことにした。

峰田を殴ったことを後悔はしていないが、自分が軽率な真似をしなければ映月が指導されずに済んだのは確かだ。

（謝って、それから……お礼も言わないと）

どれくらい待っただろうか、立っているのに疲れて座り込もうとした直前、がらりと扉が開く音が聞こえた。背の高い影が指導室から出て来て、こちらに気づく。

「映月っ！　先生になんて言われた？」

たまらず駆け寄ってたずねたが、映月は「別に」と興味なげにつぶやくだけだった。

「めちゃくちゃ怒られただけ」

「それだけか？　停学とか……」

「特に何も」

ひとまずほっと息をついた。自分のせいで映月が処分を受けるのではないかと、気が気ではなかった。

峰田の血まみれになった顔や制服のシャツを見た時はぞっとした。しかし、盛大に鼻血を噴いていただけで意識ははっきりしており、奇跡的に大した怪我はなかったらしい。クラスメイトたちの証言で、そもそも峰田の暴言がきっかけであったことも考慮され、先に手を出した朔にも指導はあったが大したお咎めはなかった。

「ごめん……俺が峰田を殴ったせいで。あいつ、結構根に持つタイプだし……」

映月は淡々と答えた。

「峰田に嫌われても、別にどうでもいい。俺に処分がなかったことに騒いだとしても、どうせうちの親がもみ消す」

映月の父親は学校に多額の寄付をしていて、理事長とも知人なのだという。そんな重要人物の息子を処分して事を荒立てるのは、学校としても避けたいところだろう。

「そんなことより」

おもむろに映月の手が伸びてきて、親指が朔の口元をなぞった。予想もしていなかったところにいきなり触れられ、びくっと体が固まる。

「怪我、大丈夫か」

「た、大したことねえよ。ちょっと口切っただけ」

「でも血が滲んでる」

一応保健室に行ったが消毒されたくらいで、本当に大したことはない。なのに映月の目はやたら真剣で、本気で心配しているようだった。

「別に心配するほどじゃ……お前が殴った峰田の方が数倍ひどいことになってたぞ」

「堀川を侮辱した上に朔に怪我させたんだから、当然の報いだ」

なんだか背中がむずむずするような妙な感覚に襲われて、朔はくるりと背を向け歩き出した。映月も後をついて来る。とっくに下校時刻は過ぎていて、誰もいない教室で鞄を取った後、なんとなく二人並んで校舎を出た。

見慣れた映月の横顔を眺めながら、教室で峰田に拳を振り下ろしていた時の、静かに燃え立つような目を思い出す。

あの時の映月は本当に別人のようだった。

自然とクラスの中心にいることの多い映月だが、決して委員長タイプではない。前に他の生徒たちが口論して一触即発の雰囲気になった時は、自分の席に座ったまま傍観していたかと思えば、欠伸をして居眠りを始めていた。よくこの騒ぎの中で寝られるよな、と堀川が感心していたものだ。

なのに今日は、一目散に仲裁に入ってきた。まして喧嘩っ早いタイプでもないのに、周囲の制止も無視する勢いで人を殴るなんて。

アスファルトに伸びる二つの長い影に目を落とし、朔はぽつりとつぶやいた。

「……俺が殴られたから峰田殴ったの？」

「ああ」

映月はさも当然、というように即答する。

「朔が殴られたの見た瞬間、頭に血が上って他に何も考えられなかった」

「……お前、そんな喧嘩っ早くなかっただろ」

「人を殴りたいと思ったのは生まれて初めてだ。止められなかったら、殺すまで殴ってたかも」

淡々とした映月の言葉を、冗談と笑い飛ばすことはできなかった。実際あの時、峰田はまったく抵抗できていなかったのだ。峰田も体格がいい方だが、映月には敵わない。

物静かで感情を乱すことのない映月が、なぜそこまで激昂したのか。殴られたのが朔ではなかったら、また違っていたのだろうか。

聞こうとして、やめた。映月自身よくわかっていないのかもしれない。もし映月が答えたところで、それをどう処理すればいいのか、朔にもよくわからないような気がした。

「……ありがとな」

映月がこちらを見る気配がする。

「お前がボコボコにしてくれて、正直すっきりした。まあ、ちょっとやりすぎだけど。俺……お前みたいに強くないから、喧嘩売ったところで峰田には勝てなかった」

アルファのくせに、華奢で腕力もない自分を認めるのは嫌だ。けれど、それは事実だ。劣等感を刺激されても認めざるを得ない。成績に執拗(しつよう)にこだわるのも、優秀なアルファであることを確かめたいからだ。そうしなければ、『アルファとしての自分』を保てない。

（映月が羨ましい）

雄らしい魅力に溢(あふ)れた容姿。そして、簡単に他者をねじ伏せる圧倒的な力。自分を含め、この学校にいる他のアルファとは比較にもならない。

暗い顔でため息をつく朔を、映月がじっと見つめていた。そして不意に立ち止まる。

「朔は強い」

その言葉は、やけに力強く聞こえた。

振り向き、視線が絡む。じっと朔を見つめる瞳は吸い込まれそうなはどに黒い。

「強くて、綺麗だ」

綺麗。何度も言われたことのある、嫌いな言葉だ。アルファとして見劣りする自分の容姿は好きじゃない。褒められたところで嬉しくもなんともないはずだ。

なのに今は、嫌な気分は湧いてこなかった。映月の言葉はすとんと胸の奥に落ちてきて、そこから奇妙な温かさが広がっていく。

なぜか頬まで熱いような気がする。これは一体、なんだ。

朔が固まったまま何も言えないでいると、映月はやがて視線を逸らし、俯き加減のまま歩き出した。夕陽（ゆうひ）のせいか、心なしかその横顔が赤く染まっているように見えた。

＊

昼間から降り続いていた雨はいつの間にかやんでいる。ついさっきまで空を覆っていた陰鬱な灰色は、オレンジと水色が混ざった空の色に塗り潰されていた。

気まぐれに変わる夏の空模様を教室の窓から眺めるのも、今年で最後だ。

机の上を片づけながら、朔は去年のちょうど今頃堀川に誘われて花火大会へ出向いたことを思い出した。

二年の秋、堀川はあの一件から一度も学校に来ず、そのまま退学してしまった。

堀川とはさっぱり連絡が取れず、一度も会っていないし話してもいない。

ひょっとしたら眞琴と同じように妊娠したのかもしれない。そう思うととてつもなく胸が痛んだが、どうすることもできなかった。堀川をレイプした一学年上の生徒は、短い謹慎処分こそ下されたものの、何事もなかったかのようにこの春卒業していった。

「朔」

教室を出ようとしたところで、映月に呼び止められた。

「この後空いてるよな」

「まあ、空いてるけど。なんか用？」

「花火見に行こう」

一年前、堀川に言われた言葉を今度は映月が口にした。

「え……やだよ。去年の人混みで懲りた」

花火は綺麗だったけれど、講習で疲れた体であの混雑する会場を歩き回るのはなかなかきつい。

しかし、映月はめげなかった。

「穴場見つけたから」

映月が言うには、会場から少し離れた峠道の途中に小さな展望公園があるらしい。そこから花火の打ち上げ場所が見渡せるのだと。

気乗りはしなかったが、映月が期待をこめてじっと見つめてくるので、無理に断るのも悪いと思い結局了承した。

堀川がいなくなってから——特にあの喧嘩騒ぎ以降、学校ではほとんど映月と二人で過ごしていた。

映月が峰田を一方的に叩きのめしたあの一件は、圧倒的なアルファへの恐怖じみた感情をクラスメイトたちに植えつけたらしい。マイペースで寡黙な映月が豹変したことも衝撃的だったし、その逆鱗が朔らしいということもなんとなく認知され、遠巻きに見られるようになった。

だが、居心地が悪いとは微塵も感じなかった。映月と一緒にいるのは、認めてしまえば楽なのだ。気遣いは必要ないし、おしゃべりでもないので話題を無理に探さなくていい。なんとなく二人でいるのがしっくりくる、そんな感じだ。

学業では相変わらず一歩及ばず、成績発表のたびにムカムカしているが、以前ほどの嫉妬じみた敵愾心はない。一応友達と認めざるを得ない仲になると、映月と一緒にいるのは意外にも心地よく、たまに一緒に勉強して互いに切磋琢磨している自覚もある。

友達兼ライバル。そう認めると背筋がぞわぞわする気がしなくもないが、一番自然に感じられる言葉だった。

「おい……こんなに上るなんて聞いてねえぞ！」

朔は息を切らしながら、五メートルほど前を歩く映月に恨み言を投げつけた。

映月の案内で、穴場だという例の展望公園に向かってはいるものの、かなり傾斜のある峠道の途中にあるらしいので、徒歩で向かうのはだいぶきつかった。

「後十分くらい。水飲むか？」

立ち止まってペットボトルを差し出してくる映月には、ほとんど疲れた様子はない。

悔しいが、体力面に関しては完全敗北を認めざるを得ない。朔の学校生活の中で唯一トップクラスに入れないのが体育なのだ。決して運動音痴というほどではないが（そう信じている）、アルファにしては身体能力は平均的だった。

「いらねえ」

「無理してると熱中症になるぞ」

「別にそれほどじゃねえよ！」

「おぶってやろうか」

「いらん！」

それだけ口が回れば大丈夫だな、と映月は微笑してまた前に向き直る。

映月が言った通り、さらに十分ほど坂を上ったところで目的地に着いた。そこは公園と称するにはあまりにも図々しい、車が数台駐車できるスペースに、ベンチが二つ置いてあるだけの場所だった。しかし景観は見事で、見下ろすと海岸線が一望でき、朔たちの高校の校舎も見えた。

　花火が始まるまで数十分ほどあるが、今のところ朔と映月以外に人の姿はない。

「よくこんなとこ見つけたな」

「兄貴の車でこの辺通ったことがあったんだ。ここからならよく見えそうだなって」

　ベンチに座り、途中コンビニで調達してきた飲み物とお菓子を広げる。人混みの中で高い割りにまずいお好み焼きや焼きそばを食べるより、こっちの方が遥かにマシだなと朔は思った。

「急に花火見たいなんて、どうしたんだよ」

「受験で忙しくなってきたらあんまり会えなくなるし、今のうちに朔と出かけたかった」

「学校で会うじゃん」

「会っても、勉強が忙しいって相手にしてくれなくなりそうだから」

　確かに、その状況は容易に想像がつく。

　しゅんとしている映月がおかしくて、思わずぷっと笑った。

「受験終わったら遊べばいいだろ。バイトすれば金に余裕できそうだし、時間もあるだろうし」

　ごくごくとコーラを飲み干して、朔は言った。映月はレジ袋をまさぐっていた手をぴたりと止め、首を巡らせて朔を見る。

「……本当か?」

映月は怖いくらい真剣な顔をしていた。

「会ってくれるのか。大学が別でも……俺がお前より上じゃなくなっても?」

「は? 何言ってんだよ。てかさりげなく自分が一番発言やめろ。別に、高校ん時のダチと会うくらい普通だろ」

「本当に? 嘘じゃないよな」

しつこいくらいに繰り返す映月は、普段から想像もできないくらい必死に見える。

映月は東京の大学、朔は県内の大学をそれぞれ志望している。映月は実家から通える距離らしいが、朔の志望大学は今の生活エリアから通学するには少し遠いので、もし合格すれば部屋を借りるか学生寮へ入ることになるだろう。

今より物理的な距離が離れるとはいえ、大学付近から東京のターミナル駅までは急行を使えば二時間弱だし、会おうと思えばいつでも会える。

朔にとっても、卒業したからといって映月と縁が切れてしまうのは、少し寂しい。素直に認めるのは恥ずかしいから、言わないけれど。

「てか、むしろお前の方が俺と会うどころじゃないんじゃねえの。東京っていっぱい遊ぶとこあるし、楽しそうじゃん」

茶化すように笑って言ったら、ぐっと肩を摑まれた。

驚くくらい近い距離に映月の顔があって、息を呑み込む。

「俺は――……」

映月が何かを口にしようとした瞬間、ひゅるる、と甲高い音がこだました。

空に光の花が弾けて、思わず「うわあ」と声を上げる。

「すげえじゃん、映月！　めっちゃよく見える」

結局朔たち以外に見物客は現れず、しかも高台なので遮蔽物が何もなく、非常によく花火が見える。絶好の穴場だ。

しかし、隣にいる映月は花火ではなく朔を見つめていた。

「あのさ……来年も一緒に花火を見ないか。ここで、二人で」

別にいいけど、と言おうとしてふと思った。

東京には、もっと賑(にぎ)やかで有名な花火大会がいくつもある。東京の大学生だったら、普通そっちに行くだろう。友達や、恋人と。

（大学に行ったら、こいつ死ぬほどモテるだろうな）

今とは違い、大学には女子が大勢いる。映月のように容姿も頭脳も優れたアルファを放っておくわけがない。

運命の番を信じている映月にとっては、その他大勢から好意を寄せられても嬉しくもなんともないのだろうが、今より遥かに交友関係が広がるのは確かだ。ひょっとしたら運命

の番だって見つかるかもしれない。

運命の番。唯一無二の特別な誰か。

彼女、あるいは彼に出会ったら、映月はそれ以外に興味を失うのだろうか。高校時代の友達のことなど忘れて、人生の伴侶との甘やかな日々に夢中になるのだろうか。

突然、胸の辺りが正体不明の痛みに襲われた。ぎゅっと絞られるような、覚えのない痛みだ。

「朔？」

返事を待つ映月が、朔の顔を覗き込んでくる。その表情はどこか不安げな、らしくない顔だ。

「……わかったよ。約束な」

映月の顔がほっと綻ぶのがわかる。心底嬉しそうに見えて、なぜか心臓が忙しなく打つ。

「ああ、約束だ」

映月に特別な誰かができたら、とは考えないことにした。来年も二人でここへ来る、それだけ覚えていればいい。

再び空を見上げる映月の横顔を見た。色とりどりの光に時折照らされて、夜だというのに眩しかった。

*

「ほら朔、笑って！」

満面の笑みではしゃぐ眞琴に、朔は仏頂面を返した。しかし眞琴はお構いなしに携帯でパシャパシャと写真を撮っている。

卒業式の今日、校門の近くでは多くの生徒とその家族が記念撮影をしていた。朔も眞琴に引っ張られて渋々撮影会に付き合っているのだが、何枚も飽きずに撮り続ける眞琴にいい加減辟易（へきえき）していた。

「もういいだろ。さっさと帰ろうぜ」

式も終わったので、これ以上長居する理由もない。他のクラスメイトたちは校舎内に居残って別れを惜しんだり、これから遊びに行く計画を立てたりしているようだが、朔には特にそういう予定はない。

「え、もう帰るのか？　友達と遊んだりしないの？」

今日くらい帰りが遅くなってもいいよと笑う眞琴に、ムカムカしたものが湧き起こってくる。

実のところ、映月からそういう誘いが来るだろうと思っていたのだ。しかし卒業式で顔を合わせても何も言われず、かといって自分から誘うのはなんだか癪だったため、この後の予定は何もないままだ。なぜかそのことに苛々してしまっている自分がまた腹立たしい。

「別に」

素っ気なく答えて校門の外へ歩き出すが、不思議と足取りが重い。

高校生活は今日で終わりだ。朔も映月も無事第一志望に合格し、これからは離れた場所でそれぞれの生活を送ることになる。朔は進学を機に一人暮らしをするので、今週末には眞琴と一緒に物件を見に行く予定だ。

住む場所も大学も離れ、成績を争うことも、帰りがけにコンビニに寄ることも、もうない。

何も外国に行くわけではないのだから、連絡はいつだってとれる。むしろ、適度に離れていた方が、映月にいちいち嫉妬することもなくなるからいいはずだ。

それなのに、映月のいる学校生活が終わったのだと思うと、胸にもやもやした何かが渦巻く。

結局一度も映月に勝てず、吠え面をかかせるという目標が達成できなかったからだろう。きっとそうだと決めつけて無理矢理自分を納得させた。

突然、ポケットの中の携帯が振動した。

画面には、筧映月と表示されている。その名前を見た瞬間、なぜか心臓がぎゅっと締めつけられ、慌てて出た。

「な、何」

『まだ学校にいる?』

上擦った朔の声に対し、映月の声はいつも通り低く平坦だった。

「いるけど」

『三組の教室まで来られるか』

「なんで?」

『話したいことがあるから』

それだけ言って電話は切れた。

一体なんの用だろう。てっきりこの後遊びに行こうという誘いだと思ったので、いささか落胆した。

(いや、ちっとも残念じゃねえし。遊びに行くとか面倒だし。てか呼びつけるとか何様だよ。お前が来いよ!)

「朔? 友達から?」

「あー……ちょっと話してくるから先帰ってて」

そう言うと、眞琴は嬉しそうに一人で帰って行った。

生徒たちはあらかた下校したのか、校舎内は思いの外静かだった。朔のクラス、三年三組の教室も人の気配がない。

本当に映月がいるのか疑わしく思いながら教室を覗くと、窓際の席に座る人影があった。映月はぼんやりと窓の外を眺めていた。気怠げに頬杖をつき、長い脚を組んで座っているその姿は、そのままドラマのワンシーンとして出ても違和感がないような、思わず目を惹かれてしまう雰囲気がある。

ガラガラと教室の扉を引くと、映月はぱっとこちらに視線をよこした。朔の姿を認めた瞬間、映月の無表情が崩れ、安堵とも緊張ともつかない不思議な色が浮かぶ。

「来てやったぞ」

わざとらしく傲然と言うと、映月は口の端を少し上げた。

「悪いな、急に」

「ほんとだよ」

映月の傍に立ち、窓の外を眺めた。薄い雲に覆われて、青空は白みがかっている。遠くの空にはより濃い灰色の雲が広がっているのが見えて、そういえば午後は天気が崩れると朝のニュースで言っていたのを思い出した。

「住むとこ、もう決まったのか？」

机の上に置いた手を握ったり開いたりしながら、映月がそんなことを聞いてくる。

「まだだけど、週末に見に行くとこでほぼ決定だと思う。この時期、あんまり物件ないしな」

「いつ引っ越すんだ？」

「入学式までには引っ越すつもり。こっちから通うのはさすがに遠いし」

「……じゃあ、もうじきだな」

映月はしんみりとして、黙ってしまう。

わざわざ呼んで、世間話が目的だったというわけではあるまい。一向に『話したいこと』とやらを切り出さない映月にやきもきした。

「てか、話って何？」

「……ん」

映月は立ち上がって、朔の正面に立った。

「迷ったんだけど、言うならいいタイミングかと思って」

「だから何を——」

「好きだ」

朔の言葉に被（かぶ）せて放たれたそれは、うまく聞き取ることができなかった。

「……は？」

「朔のことが好きだ」

今度は、しっかりと耳に届いた。しかし意味が理解できない。

「え……どういうこと?」

「そのままの意味」

映月は視線を落とす。耳がほんの少し赤くなっていた。

「初めて見た時から、ずっと朔のことが気になって仕方なかった。最初はただ友達として仲よくなりたいんだと思ってた。でも一緒にいるうちに、段々それだけじゃないって気づいた」

朔は何度も目をぱちくりさせて、おかしなことを言う男を見つめた。

これは……まさか、愛の告白というやつなのか?

しかしなぜ映月が自分に告白なんてしているのか、さっぱり意味がわからない。

好きだ、と言われた。確かに聞き間違いではない。そして、それはただの友達としての感情ではない、とも映月は言った。

「お――お前、運命の番探してるんじゃなかったのかよ。それ以外とは付き合いたくないって言ってたのに……俺、男だしアルファだぞ!」

「わかってる。でも好きなんだからしょうがないだろ」

「し、しょうがない、って」

想像したこともない。アルファ、しかも男から想いを寄せられるなど。

「嫌か？」

何か言葉を返さねばと必死に頭の中を探っている間にも、映月はじりじりと迫ってくる。

「俺に好きって言われるの、気持ち悪いか。お前は俺のこと、どう思ってる？」

「す……好きって、そんなふうにお前を見たことなんか……」

「朔、顔真っ赤だ」

ばちんと両手で頬を押さえると、おかしいくらいに熱を持っていた。

「お、お前が変なこと言うから驚いたんだ」

断じて、嬉しいとか恥ずかしいとかではない。絶対に。

両手首を摑まれ、自然と顔を上に向けさせられる。

「朔の気持ちが知りたい」

低い声も見つめてくる視線も、焦がされそうなほどの熱を帯びていて眩暈がする。

「わ……わかんねえよ……お前のことそういうふうに思ったことないし、まして今まで誰か好きになったこともないのに……」

男はもちろん、女相手にさえそういう気持ちを抱いたこともない。

同じアルファの男に告白されるというあり得ない状況なのに、気持ち悪いとは思わなかった。ただ戸惑い、どうすればいいのかわからないだけだ。

でも、一つだけ確信できることがある。もし相手が映月ではなかったら、これほど動揺することも答えに窮することもないだろう、ということ。驚くだけで、次の瞬間には適当な断り文句を言っているに違いない。

なぜ映月だけ違うのか、まだ朔には自分の気持ちを理解することも、それを認める準備も整っていなかった。

「キスしてもいいか」

目元も赤く染めた映月は、至って真面目にとんでもないことを口にする。

「なっ⁉ 何言ってんだ馬鹿、いきなりわけわかんないこと——」

「嫌なら嫌って言って」

嫌に決まってる。キスは恋人同士がする行為で、それを映月とするなんて、どう考えたっておかしい。

(嫌って言わなきゃ。言わなきゃ……)

わかっているのに、唇が震えるだけで拒絶の言葉が出てこない。顔が熱くなりすぎて今にも倒れそうだ。

「い……い……」

映月の端整な顔が迫ってくる。本当にするつもりだ。

だめだ、早く拒まなければ。友達なのに、二人とも男なのに、キスなんかしたら一体どうなってしまうのだろう。

しかし、口から出た言葉は――心の奥から滑り出た本音は、理性とは真逆だった。

「嫌じゃ、ない……」

顔の両側を大きな手で包まれて、ゆっくり口づけられた。

柔らかい。ただそっと押しつけるようなキスだ。それだけなのに、うまく呼吸ができない。さっきまでどうやって息を吸って吐いていたのか思い出せない。

は、と映月の唇から吐息が零れた。そこから漂う濃密な気配に、体の内側がじんわりと熱を帯びる。

呼吸をしようと開きかけた唇が、また塞がれた。

「んっ……っ、う」

唇のあわいから漏れ出た自分の声のはしたなさに、仰天する。けれどそれだけでは終わらない。ぬる、と舌を差し込まれてさらに驚愕する羽目になった。

されるがままの朔の唇を味わうように、優しくもねっとりと食まれ、もう頭の中が沸騰しそうになる。強制的に熱を飲まされ、頭の芯に靄がかかるようだ。

頽れないよう、必死で映月の背中を掴んだ。大きくて硬い体と密着し、どちらのものともわからない鼓動がうるさく鳴っている。

数十秒経ってからようやく解放された頃には、すっかり息が上がっていた。

――映月とキスをしてしまった。その事実を改めて意識したら、顔に猛烈な熱が集まった。

キスを拒まなかったということは、さっきの告白を受け入れたことになるのだろうか。今自分たちは友達ではなく、恋人になったのか。

（……映月と、恋人）

信じられない響きだ。自分にそういう存在ができるなど想像もしていなかった。まして、その相手が映月だなんて。

混乱して思考が追いつかない。けれど、嫌悪感はない。

じわ、と映月のブレザーを握りしめた手の内側が湿る。キスのせいだろうか、やけに体が火照っている気がする。

「なんか……この部屋、暑くないか……」

キスの後の気まずい沈黙をどうにかしたかったのが半分、本当に暑くてブレザーを脱ぎたくなったのが半分だった。

映月はブレザーごと朔の肩を摑んだままだ。

「っ、映月……?」

ぐぐっと肩を摑む手に力が入って、思わず眉を寄せた。痛い。

映月の表情を窺おうとして視線を上げ、ぎょっとした。朔を見下ろす映月の目が異様なくらいぎらついている。呼吸も尋常でなく荒い。

「はづ……ん、んうっ！」

また、キスが襲ってきた。しかしそれは先ほどまでのものとは比べものにならないくらい激しく、噛みつかれたと錯覚するほどだった。

舌が唇を割って侵入してきて、好き勝手に口腔を踏み荒らす。呼吸が奪われ、息を継ぐことさえままならない。

胸を叩いて抵抗の意を示すが、映月の硬い体はびくともせず、朔の意識は段々と朦朧としてきた。

「……は、づきっ……やめろっ！」

どん、と肩で体当たりするようにして、なんとか映月から逃れた。が、力が抜けてその場にへたり込んでしまう。

自分を見下ろす映月を見て——背筋に寒気が走った。明らかに様子がおかしい。

「は、映月……？」

どうしたんだよ、と続ける前に、肩を強く摑まれ床に押し倒された。背中の痛みに呻き、なぜこんな暴力的な真似をするのか理解できず、怒りが湧く。

なんのつもりだと怒鳴ろうとしたが、次の瞬間映月がとった行動に、驚愕でそれどころではなくなった。映月の右手が朔のブレザーの前を摑んだかと思うと、気に引き開け、ボタンを飛ばした。

信じられない出来事に呆然とする。抵抗する間もなく続け様にシャツに手をかけ、これも紙のように引き裂いてしまう。

「なに……して……」

恐怖で声が震えた。映月は一言も応えない。半開きの口から荒い息を零し、ぎらぎらとした視線で朔を焼いている。

これは、本当に映月なのか。

「あっ、ぐうっ！」

鎖骨に噛みつかれ、痛みで体が跳ねる。めちゃくちゃに腕を振り回して暴れ、映月の顔に左手が当たった。爪で薄く裂かれたのか、頬に血が滲むけれど、映月はまったく表情を変えない。朔の細い両手首を片手であっさり掴み、頭上で一まとめに拘束してしまった。上から押さえつけてくる力は凄まじく、逃れることができない。

完全にシャツをはだけられ、無防備な素肌の胸が晒される。これから何をされるのか、想像もつかないし考えたくもなかった。恐ろしくて、悲鳴もあげられない。震える声を絞り出すのが精一杯だった。

「やめろ……やめろって言ってるだろ……ひ、あぁっ！」

胸の突起を食まれた。ぞくりと妙な痛みが全身を駆け巡る。身を捩(よじ)っても体ごと押さえつけられてろくな抵抗にならず、映月は一向に朔の体をまさぐる手を止めない。

映月がみじろぎした時、ごり、と腰の辺りに硬い感触を押しつけられて血の気が引いた。

（嘘、だろ……勃って……）

興奮して暴走する、獣のような姿。

まさか、ラット――？

いや、そんなはずはない。ラットはオメガの発情に誘発されて起こるもので、朔はオメガではないし、もちろん近くに発情したオメガの気配などもない。それに、映月は抑制剤を飲んでいるはずだ。

わけのわからない状況に思考をぐちゃぐちゃにされている間に、映月は恐ろしいところに手を進めた。

かちゃかちゃとベルトをいじる音がする。はっとして下半身をばたつかせて抵抗しようとした時にはもう遅く、下着ごとスラックスをずり下ろされてしまった。

脳裏に堀川の姿がよぎる。

アルファの生徒にのしかかられ、脚を広げて男の一物を受け入れ、蕩けた顔で喘ぐオメガの姿。

（違う。俺はアルファで、オメガなんかじゃない……犯される存在なんかじゃない）

これまで意識したこともろくに触れたところもない場所に、指が押し当てられた。喉の奥がきゅっと締まって、空気が引き攣る音が鳴る。

「あ、何して……やめ」

振り絞っても、上擦って掠れた声しか出ない。

そのまま指を押し進められ、乾いた場所に強烈な異物感を与えられた。

「い、痛いっ！　やめろ、やめろってば……！　聞こえないのかよぉ……」

泣きながらやめてくれと懇願しても、映月は止まらなかった。それどころか指を増やされてさらに押し広げられる。

やがて指が抜け、熱くて硬い何かがあてがわれた。いつの間にか映月は前をくつろげ、凶悪にそそり立つものが露わになっていた。それを見た瞬間、喉の奥から声にならない悲鳴が漏れた。

「あ、やだ、いやだっ……！　お願いだから、やめてくれ……」

震える声で懇願する。しかし、熱で蕩けた映月の双眸は、怯えた朔の顔などもはや映していなかった。

「あ……ぅ、ああああっ！」

強烈な痛みが走り、絶叫した。怖い。体が二つに引き裂かれたかのようだ。

映月は倒れ込むようにして朔の上に覆い被さり、肩口に顔を埋めた。小刻みに熱い息がかかり、低く呻くような声がする。

ぬる、と首筋を濡れた感触が撫でた。「ひっ」と情けない声が漏れ出る。ぼろぼろ流れてきた涙は、本能的な恐怖だったのだろうか。

ほとんど無意識に、朔は首を振って懇願していた。

「やめ……それ、だけはいやだ……咬まないで……」

お願いだから、番にしないでくれ。そう祈って泣いていた。

自分はアルファなのに、咬まれたところで番になんてなるはずがないのに、なぜか恐ろしくて仕方なかった。

映月は低く唸ると、朔の肩に思い切り咬みついた。朔の声が届いていたのかどうか、ただの偶然かはわからない。強烈な痛みでまた涙が溢れ出た。

「朔……朔……！」

譫言のように名前を呼びながら映月が律動を始める。無慈悲に体の中を蹂躙されて、朔は唇を噛んで痛みに耐えるしかなかった。

「う、うぅっ……んう」

血の滲んだ唇を舐められる。それは、荒々しく朔を犯す下半身とは裏腹に、柔らかく宥めるような口づけだった。そうされているうち、頭の奥にぴりぴりと痺れるような感覚が走った。

なんとか酸素を取り込もうとする鼻に、甘やかな香りが届く。花のような、菓子のような……段々とそれは強くなり、堪能すればするほど靄がかかったように意識が遠のいていき、甘い疼きが下半身に訪れる。

（いい匂い……なに、これ？）

嗅ぐだけで体がどろりと溶け出し、天国のように気持ちいい。

さっきまで体中を支配していたはずの苦痛と恐怖が、いつの間にか消え去っている。この奇妙な極上の香りのせいだろうか……まるで魔法みたいに朔の体を蕩けさせ、映月の形に作りかえている。

気づけば、朔は唇を開いて映月を受け入れ、自らも舌を絡ませていた。唾液が零れるのも構わず、夢中になって。

ぐちゅぐちゅという水音が、唇だけではなく下半身の繋がっている箇所からも鳴り始める。乾いて悲鳴をあげていたはずの朔の秘所は、なぜか潤みひくひくと収縮して映月の長大な性器を呑み込んでいた。

映月は息を吸い込みようやく顔を離すと、激しく朔を突き上げ始めた。

「あっ、あ、あんっ、ああう」

映月の動きに同調して、淫らな喘ぎが漏れる。

奥を突かれると、腹の奥がきゅうっと絞られるように切なくなり、もっと欲しいと腰が勝手にくねる。

一度も直接触れられていない朔のペニスは、後ろの刺激だけで痛いほどに張り詰め先端

から蜜を零していた。

「ひあっ！　あ、ああっ」

ずん、と一際大きく突かれ、電流のように凄まじい快感が全身を駆け抜ける。あられもなく脚を開かれて、恥ずかしいのに、嫌なはずなのに、体はまったく逆の反応を示す。けれどもう、それを怖いと思う理性などなかった。

気持ちいい。もっといいところを抉って、中に全部出して欲しい。

「きもち、い……は、づき……もっと、もっと、おく、ついてっ……なか、もっと……！」

「……っは、ぁ、朔……！」

「あ、あぁっ！　そこ、あっ」

激しい抽挿に、全身が震える。知らず朔は射精していた。

「おいっ！　何をやってる！」

扉が激しく開く音がして、誰かの動揺した怒声が聞こえてくる。

しかしもはや、そんなことはどうでもいい。ただ目の前にある快楽を貪ることだけに夢中で、第三者の介入になんて気を払っている余裕はなかった。

映月も動きを止めず、一際激しく突き上げると朔の中に夥しい精を放った。

中に迸る熱を感じて、意識がふわりと持ち上がる。どこまでも甘い恍惚に溺れて、朔は意識を失った。

「非常に珍しい症例です」

神妙な面持ちで医師が告げた後、広いとは言えない診察室に静寂が張り詰めた。朔はテーブルの上に置かれた検査結果の紙を、ぼんやりと見つめる。

そこに書かれていることは到底現実味がない。知らない誰かのものとしか思えない。けれど患者氏名は深山朔とあり、血液型年齢生年月日といった情報は確かに朔のものだ。

ただ一点、第二性の欄に『オメガ』と書かれていることを除けば。

「どういう、ことですか」

隣の眞琴が震える声を絞り出した。

「先生、朔は今までの検査でアルファと判定されているんです。なのに、オメガってどういうことなんですか」

あの日……卒業式から二週間ほどが経った。

映月に襲われていたところをたまたま通りがかった教師に見つかり、意識を失っていた朔は病院に担ぎ込まれた。尻の裂傷以外に怪我はなかったが、錯乱していてとても帰れる状態ではなかったため、そのまま入院することになった。

入院していたのは二日ほどだった。その際に行われた血液検査で、第二性がオメガであると判定されたのだ。

診察で第二性を確認され、患者情報を取り違えていると指摘した。しかし何度確認しても検査結果は朔のもので、念のため行われた再検査でも同様だった。精密検査も行ったのだが――結果は今しがた医師から提示された通りだ。

中学入学時と高校入学時。二度の検査で、確かに朔はアルファと判定され、記録も残っている。そのはずなのに、今の朔はオメガだというのだ。

「後天的にオメガに変転したと考えるのが妥当でしょうね」

医師は難しい顔をして、朔の検査結果と思しき様々な数値が表示されたパソコンの画面と睨めっこしている。

「そんなことあり得るんですか？」

「一次検査の時点では身体発達が未熟なため、結果が覆ることは稀にあります。二次検査の後に変わることはほとんどないのですが、例がないわけではありません」

「朔がオメガになったっていうのは……確実なんですか。判定ミスとかの可能性は」

「これは精密検査の結果なので、間違いなく朔さんはオメガです」

間違いなく、オメガ。

無情な結果が、頭の中でうるさい鐘のようにこだまする。泣き出したい気持ちと、そんな馬鹿なことがあってたまるかと憤慨する気持ちが頭の内側を叩いている。朔は言葉を発することもできず、ただじっと二人の会話を聞いていた。

「どうしてなんですか？　元に戻る可能性はないんですか？」

眞琴の声は縋るようで、傍目には無表情の朔よりよほどショックを受けているように見える。

眞琴は、朔がアルファであることに自尊心を持っていたことを知っている。そして何より、オメガの生き辛さも。

「朔さんのご両親はアルファ、オメガですので、両方の因子を持っています。精密検査で子宮が確認できましたので、身体的にはオメガの特性を元々有していたと考えてよいでしょう」

子宮。その響きに背筋が凍った。

「本当は……元々、オメガだったってことですか」

ぼそりとつぶやくと、眞琴が無理をするなと言うように朔の背中に手を置いた。

医師は眼鏡の縁を押し上げて答える。

「必ずしもそういうわけではありません。本人がオメガでなくても、オメガの親を持つ人の中には稀に子宮を持つ男性もいます。本人の第二性がオメガでない限り妊娠機能はありません。……今回、アルファとの性交でオメガの因子が優位になったのか、何か別の要因なのかは不明です。第二性についてはわかっていないことも多く——」

医師の説明は続き、眞琴が何か質問をしているがすべて遠くの出来事のように聞こえた。はっきりしているのは、自分がオメガになってしまったということ。そしてそれは、映月とのセックスが原因であると朔は確信していた。

あの時の記憶は朧げだが、途中から明らかに自分はおかしかった。まるで、ヒートを起こしたオメガのように映月を受け入れ、喘いで……あの時体に異変が起こっていたに違いない。

とはいえ、いくら医師を問い詰めたところで、行為の直前に朔がアルファであった証明ができない以上、確かめようのないことだった。

「また二週間後に来院してください。性交がきっかけでオメガに変転したのであれば可能性は高くありませんが、念のため妊娠検査をした方がいいでしょう」

病院からの帰り道、二人はずっと無言だった。家の鍵を開けて玄関に入ったところでようやく眞琴が口を開く。

「お腹空いただろ。なんか作るな」

眞琴は努めて明るく、なんでもないような口調で言うが、暗い沼の底に沈みきった心が浮上することはない。

「いらない」

靴を脱ぎ捨て、自分の部屋に引きこもる。朔の部屋の窓からは川沿いの桜並木が見えて、今はちょうどまばらに咲き始めた花が春の訪れを知らせる頃だ。しかしここ最近はずっとカーテンをぴったりと閉めているので、外の景色がどうなっているかなんてわからない。春が来たかどうかなどどうでもいいことだった。

窓際の勉強机の上には、大学の入学案内資料が放置されている。そこから視線を逸らしてベッドに仰向けになり、薄闇の向こうの天井をぼんやりと眺めた。

教室で映月に無理矢理抱かれて、誰かが入って来たところまではなんとなく記憶があるが、それ以降はよくわからない。次に目覚めたのは病院のベッドの上だ。憔悴した眞琴が横にいて、朔が目を開けると、くしゃくしゃの顔で「もう大丈夫」と手を握られた。

数日前、映月の父親の代理人を名乗る弁護士が家に来た。

眞琴が応対し、朔は部屋で耳をそばだてて話を聞いていたが、定型文の短い謝罪といくばくかの金、訴えるのはお勧めしないという言葉を残していったのみだった。どこから情報を手に入れたのか、今の朔がオメガであるということも男は知っていた。

アルファがオメガをレイプしても、罪として認められないことが多い。オメガのヒートにアルファは逆らえないという認識が定着しており、発情期の管理が杜撰であったとしてオメガに非難が向くからだ。過去、この性質を利用してオメガがアルファから慰謝料を毟り取る事件が多発していたのもあり、余計に世間の目は厳しい。

もし朔がアルファのままであれば話は別だっただろうが、数年前の検査結果以外にアルファであったことを証明する術はない。裁判沙汰になったとして、資金も人脈も桁違いの映月側に勝てる見込みがないのは本当のことだった。何より、このことを公にするのは絶対に嫌だった。

眞琴は金を固辞し、映月の親から直接謝罪があってしかるべきだと毅然(きぜん)と指摘したが、代理人は筧氏は多忙だと言うだけで取り合わなかった。

映月とはあれ以来会っていない。メッセージアプリのアカウントはブロックしているので、連絡が来ているかどうかもわからない。謝られたところで時間が巻き戻るわけではないし、顔を見てあの時のことを思い出すのも辛い。

映月のあの尋常でない様子は絶対にラットだった。きっとキスしたことが引き金になった。なぜかはわからないが、キスの直後明らかに映月の様子がおかしくなったのだ。そして、朔自身の体も。

そっとうなじをさする。傷はないとわかっていても、時折こうして確かめずにはいられない。

最初の検査でオメガだと判定された直後、朔は診察室を飛び出し一目散にトイレに向かった。鏡の前で服を脱ぎ、入って来た他の患者がぎょっとするのも構わず、狂ったように首の周りに痕がないか確かめた。鬱血の痕がいくつも散らばっていたが、咬み痕は肩口に一つあっただけだった。

番にはされていない——わかった瞬間、へなへなと腰が抜けた。朔の拒絶を、わずかに残っていた映月の理性が拾い上げたのかはわからないが……心底安堵した。しかし間もなく、そんなことなんの気休めにもならないと激しい怒りが湧いてきた。

（どうして……嫌じゃないなんて言ったんだろう）

じわりと涙が溢れ出した。

あの時、キスを拒否していればそれ以上のことはされなかったかもしれない。オメガになることだってなかったかもしれない。

呼び出しに応じなければ、そもそも映月と仲よくなんてならなければ——。

（嫌だ。なんで、なんでオメガなんかになっちゃったんだ。男なのに、アルファに突っ込まれて喘いで……発情しながら生きるなんて無理だ）

ずっとアルファとして生きてきたのに、いきなりオメガだと、孕まされる男だと言われて受け入れられるはずがない。

いい大学に入っていい会社に就職して自立して、眞琴を支える——そのためにずっと努力してきた。でも、オメガになった今それはもう叶わない。発情期を抱えた体では思い描いていた学生生活もままならないし、就職先も限られる。それにもし……妊娠していたりなんかしたら。もう何もかもめちゃくちゃだ。

気づいたら大声をあげて泣き叫んでいて、眞琴が慌てて部屋に入ってきた。大丈夫、大丈夫とずっと声をかけ続けてくれた眞琴は、朔が退院してから仕事を休んでずっと家にいてくれている。

全部、あいつのせいだ。好きだとかわけのわからないことを言って、俺を犯してオメガにした。許さない、顔も見たくない、一生呪って生きてやる。

そう思うのに。

遥か遠くに思い浮かぶのは、あの夏の日、花火を見上げる映月の横顔だった。

検査の結果、妊娠はしていなかった。安堵を覚えたのも束の間、いずれまた来るであろう発情期についての説明を受けて鬱々とした。

「朔さんのような後天的なオメガの場合でも、体質その他は普通のオメガと変わりません」

発情期に関する概要がまとめられたパンフレットを渡される。一次検査を終えた中学生向けらしいそれには、イラストと共に発情期の症状について簡単な説明が記載されていた。

「発情の周期、日数には個人差がありますが、大体一ヶ月半から三ヶ月に一度、三日程度続くことが多いです。発情期を完全になくす方法は、今のところありません。発情期中に挿入を伴う性交をすればおさまりますが、パートナーの有無にかかわらず抑制剤の服用が義務づけられています。抑制剤をまったく服用しないと、突然激しい発情状態に陥る可能性もあり危険ですので」

急なヒートの恐ろしさは、よく身に沁みている。

つくづく不自由な体だ、とうんざりする。出産適齢期が過ぎれば徐々に発情はなくなっていくらしいが、何十年も先の話だ。

「早ければ来月、遅くとも半年以内には次の発情期が来るでしょう。多くの場合、発熱や吐き気といった体調不良を伴います。今のうちから抑制剤を服用して、コントロールしていきましょう」

強い薬では副作用の懸念も大きくなるということで、まずは弱めの薬を処方された。毎日服用してフェロモンの放出をコントロールする薬と、強い発情が起こった場合に服用する緊急薬。

毎日決まった時間の服用はアルファの時と変わらないが、薬の効果が自分の身に及ぼす危険度が段違いだ。もし効かなければ、体調を崩すだけでなくレイプされる可能性もある。効いたとしても、普段と変わらないように生活するのは難しいだろう。

診察後、病院内にある薬局で薬を受け取り、待合室へ向かった。

「お待たせ、ばあちゃん」

椅子に腰かけていた祖母の博子が顔を上げた。読んでいた本を閉じ、にこやかな顔を朔に向ける。

「あら、早かったわね。それじゃ帰りましょうか」

「うん」

眞琴が仕事に行っている間は、博子が朔の様子を見に来てくれている。今日も車で病院の送り迎えをしてくれる。

朔はわざわざ呼ばなくてもいいと言ったのだが、眞琴は頑として譲らなかった。朔の精神面は安定してきてはいるのだが、一人きりにするのは心配なようだ。

博子たち祖父母とは幼少期同居していたこともあり、今も仲がいい。眞琴の収入が安定してからは二人で生活するようになったが、一駅も離れていない距離に住んでいるので、眞琴が残業で遅くなる日などはよく博子が夕飯を作りに来てくれていた。

朔が中学生になったあたりから、頻繁に面倒を見てもらうことはなくなったが、たまに家に遊びに行くこともあった。

博子はまだ五十代で若々しく、祖母というより母親のような存在だ。

「今日の夕飯何がいい？　眞琴が昨日カレーを作ってたけど、アレンジしてドリアにしようかしら」

「うん、いいね」

車を運転している最中、博子は他愛もない話を続けた。事情を知った上で普段通り明るく話しかけてくれるのはありがたい。しかし朔の意識はずっとぼんやりとしていて、話の内容はほとんど頭に入ってこなかった。

十五分ほど車を走らせ、朔のマンションが近づいてくる。

「駐車場に車を置いてくるけど、マンションの前で降りる？」

「ああ、そうする――」

窓の外に視線をやった時、全身が硬直した。

マンションのエントランスの外、花壇に腰かけている男がいる。項垂れて、見るからに悄然としたその姿は、日常の風景から明らかに浮いていた。

映月だ。

映月の顔を知らない博子は特に気に留めることもなく、マンションの前で車を停めた。ドアにかけた手がじわりと汗で滲む。動かない朔を不思議に思って、博子が「どうしたの？」と心配そうに声をかけてきた。

「――車、ありがとう。ちょっと散歩してくるから先に家に戻ってて」

「ええ、わかったわ。気をつけてね」

車を降りると、俯いていた映月が顔を上げた。朔に気づいた端整な顔が強張るのがわかる。

「何か用?」

視線は合わせず、短い言葉を吐き出した。

映月は立ち上がり、数歩朔に近づく。

「急にごめん。どうしても話したかった」

久しぶりに見る映月は、だいぶ雰囲気が違った。やつれて覇気がない。常に超然として周囲を惹きつけてやまなかった男が暗澹たる表情で俯いている様は、哀れなほどだった。

「……家族が帰って来たらまずいから、こっち来て」

踵を返し近所の公園へ向かって歩き出す。映月は黙って後ろをついて来た。

住宅街の真ん中にある公園は、学校帰りの小学生たちが遊んでいた。ベンチの端に座り、映月も人一人分空けて腰かける。

しばしの沈黙の後、映月が口を開いた。

「本当にごめん……ひどいことをして、謝って済む問題じゃないことはわかってる」

震えて、今にも消え入りそうな声だった。

「なんであんなことをしてしまったのか……わからないんだ。直前までなんともなかったのに、急に、フェロモンみたいな甘い匂いがして、吸い込んだ後何もわからなくなって……」

甘い匂い。キスした時、気づかぬうちに抑制剤も効かないほど、オメガのフェロモンを振り撒（ま）いていたとでも言うのだろうか。今さらそんなことはわからない。

「俺が誘ったって言いたいのか？」

「違う！　悪いのは俺だ。ただ、朔はアルファなのになんであんなことになったのか……」

「……俺の体のこと、知らないんだな」

「え……？」

代理人の男はどこから調べたのか、朔がオメガに変転したことを知っていたようだったが、この様子では映月は聞かされていないらしい。

朔は鞄から先ほど病院で受け取った検査結果の紙を取り出し、映月に手渡した。

それを見た映月の顔はみるみる青ざめ、紙を持つ手が震え出す。

「……妊娠、検査……？」

「陰性だったから安心していいよ。第二性のところ、書いてあるだろ——後天性オメガって」

驚愕に固まる映月を見て、乾いた笑みが零れた。

「俺、オメガになっちゃったんだ」

「……あのことがきっかけなのか？」

医師は原因は断定できないと言っていた。映月とセックスしなかったとしても、いずれオメガになったのかもしれない。前から体に変調をきたしていて、たまたま気づかなかっただけなのかもしれない。

本当のことは誰にもわからない。

「そうだよ。お前のせいだ」

それでも、このやるせない気持ちをどこかにぶつけたかった。映月に陵辱されたのは紛れもない事実なのだ。罪悪感で潰れてしまえばいいと思った。

自分はこれから、オメガとして不自由な生活を送らなければならない。けれど、映月は今まで通りアルファとして好きなように生きるのだろう。そんなの不公平すぎる。

せめて、自分が受けた苦痛の何分の一かでも味わえばいい。

「あの時、電話に出たりしなければよかった……お前なんかと関わらなければよかった。お前のせいで、俺は……」

いつの間にか涙が頬を濡らし、言葉は嗚咽(おえつ)に呑み込まれた。

もうその場にいるのが辛くなって、乱暴に目を拭いて立ち上がる。

「もう帰れよ。お前の顔なんか見たくない」

歩き出そうとした瞬間、映月に腕を摑まれる。

「っ……あ」

服を通して肌に食い込む強い力に、全身が凍りつく。教室で押さえつけられ、犯された時の記憶が蘇って、パニックに陥りそうになった。

青ざめた朔の顔色に気づいたのか、映月はぱっと手を離した。

「ごめん……怖がらせるつもりじゃ、なかったんだ」

か細い震える声は、今にも泣き出しそうだった。

「……もう帰れよ。お前の顔なんか見たくない」

告げたと同時、刃で切り裂かれたみたいに映月が傷ついた顔をしたのがわかった。

なんでお前が、そんなに泣きそうな顔をしている。傷つけられたのはこっちだ。

早く消えてくれと願うけれど、映月は一向に動こうとしない。目元を真っ赤にして、朔を見つめて言った。

「俺の番になってくれ」

何を言われたのかわからず、映月の顔を凝視する。ふざけているわけでも馬鹿にしているわけでもない。懇願するような、今まで見たことのない表情。

すうっと心臓が冷え、引き攣った笑いが零れた。

「……ははっ……何言ってんの？　責任とるってことか？　いらないんだけど、そんなの」

映月は首を振った。今にも泣き出しそうな顔の中で、目は怖いくらいに真剣だった。

「好きなんだ……」

ついに涙が一筋流れ落ちる。なんでお前が泣くんだと毒づくのも忘れて、朔は呆然と映月を見ていた。

「お前は俺の運命なんだ。あの時、お互いそう感じてたはずだ。今だってお前からすごく甘い匂いがしてる。番のいないオメガが生きていくには、大変なことがたくさんあるはずだ。俺が守る。お前がオメガになったのは、きっと——」

聞き終わる前に、映月の頬を思い切り殴りつけていた。映月は頬を押さえてよろめく。喧嘩の気配を感じたのか、公園で遊んでいた小学生たちがこちらを注目するのがわかる。しかし、そんなことに構う余裕はなかった。

「お前と結ばれる運命だから、オメガになったって？　ふざけんな。好きとか運命とか、勝手に押しつけてんじゃねえよ」

胸に沸き起こる怒りと共に、一度は乾いたはずの涙がまた溢れてくる。

唇の端からわずかに血を滲ませた映月の、揺れる黒い瞳を見たらひどく残酷な気持ちになった。

「そういえば、告白の返事がまだだったな」

一番、映月が傷つくこと。それを言ってもすっきりすることなんかない。わかっていても止められなかった。

「俺はお前のことなんか大嫌いだ。番なんて死んでもごめんだよ」

それを聞いた映月がどんな表情をしたのか、朔にはわからない。吐き捨てた後、一目散に走り出したからだ。映月が追って来る気配はなかった。

マンションに戻ると、脇目もふらず自分の部屋に駆け込んだ。とっくに博子は帰宅していて「どうしたの？」と部屋の外から心配そうに声をかけてきたが、「なんでもない」と答えて閉じこもった。

鬱陶しい甘い匂いが、鼻腔の奥にまとわりついている。鼻血が出るくらい鼻をかんで、枕に顔を押しつけた。そして、声を押し殺して泣いた。

どれだけ頑張っても勝てなくて、悔しかった。嫉妬した。憧れていた。仲よくなって、嬉しかった。対等になれたと思った。

ずっと映月を見ていた。初めて見た、入学式の日から。

(俺、映月が好きだった)

羨望、憧憬、映月に対して抱いた胸をかき乱される感情——それは、いつの間にか恋になっていた。

映月に好きだと言われた時、心の奥底では嬉しかった。自分もそうだと言いたかった。

アルファ同士のままだったらよかった。そう思ってしまう自分は歪だろうか。

だって、眞琴は愛されなかった。番にされて、たった一人で生きる羽目になった。オメガにはアルファに抗(あらが)う力はない。愛したアルファに捨てられたら、他の誰かと結ばれることも許されず、孤独な人生を送るだけ。

　そんなの、恐ろしすぎるだろう。

　映月の「俺が守る」という言葉を思い出して、さらに涙が溢れてきた。

　アルファとオメガなら、同性同士でも公的にパートナーとなって家庭を作ることができる。けれど、そんなのは絶対に嫌だった。オメガとして庇護(ひご)され愛(め)でられたかったわけじゃない。対等に隣に並び立つ存在でいたかった。

　けれど今、映月が求める朔はそうではないのだ。

　うずくまる自分の姿が、眞琴に、堀川に重なる。哀れで惨めなオメガ。映月を受け入れることは、オメガになった自分を受け入れること——今は、そして多分これからも、そんなことはできる気がしない。

　桜が散ってしばらく経った後も、朔の生活は変わらなかった。日中は家でテレビを見ながらぼんやりして、たまにコンビニへ行く。今までは暇を持て余すことなんてほとんどなかった。空いた時間はすべて勉強に費やして、娯楽といえば漫画や小説を読むくらいだった。

けれど二ヶ月近く、こうして時間を食い潰している。決まっていた大学進学も諦めた。この体のまま、学校生活を送るのは怖い。目的を失い、何に向かって進めばいいのかわからなくなっていた。

夕方、家を出て駅前の本屋に向かった。特に買いたい本があるわけではない。少しでも外に出なければ体が朽ちてしまいそうなので、とりあえず目的地に設定しただけだ。

あれから、電車に乗る必要のある移動はしていない。発情期はまだ来ず体調は以前と変わらないが、いつどうなるかわからない不安があり、人混みに入る勇気はなかった。

本屋の入り口の自動ドアを抜けて、漫画の新刊コーナーへ視線を滑らせながら通り過ぎる。文庫、資格教本、ビジネス書……どんなジャンルのどんなタイトルを見ても、手に取りたいと思うものは何もない。以前は、表紙や帯に惹かれた本を衝動買いすることもよくあったのに。

医療系の本棚の前に来て、初めて脚を止めた。タイトルに第二性と入った本を手に取ってパラ読みし、棚に戻す。本の中身は、ネットで調べれば出てくるような情報しかなかった。駅前の広くもない本屋なので、あまり専門的なものは置いていないのだろう。

オメガと判定されてから、第二性の変転についてネットで自分なりに調べてみた。

驚いたのは、後になって判定結果が覆ったという体験談がそれなりに出てきたことだ。アルファからオメガ、というのはレアケースらしく見つからなかったけれど、後天的に第二性が変わるという現象は、医師の言っていた通り稀にあるものらしい。

個人のブログから医療系のコラムサイトなどいろいろ漁ってみたが、元の第二性に戻ったという話は見つけることはできず、失望した。

往生際が悪いとは思っているけれど……自分の体に起こった変化を受け入れることは、まだできそうにない。ゆっくりと時間をかけて慣れるしかない、と自分に言い聞かせ、ため息をついた。

窓際の雑誌コーナーで、特に興味もないインテリア誌を立ち読みしていると、外に若い男女のグループが騒ぎながら歩いているのが見えた。年は朔と同じくらいで、恐らく大学生だろう。これから居酒屋にでも行くのだろうか。

彼らの姿が見えなくなった後、何も買わずに本屋を出て帰路についた。

どんどん社会から置いてけぼりにされている。今の自分は何者なのだろう。学校にも行かず働きもせず、眞琴の重荷になっている。

どうにかしなければ、という思いはある。せめてバイトくらい始めようかと考えて何度か求人サイトを覗いたが、結局応募していない。もう精神的には落ち着いているはずなのに、行動を起こそうという気力が湧かないのだ。これまで猛然とひた走ってきたところをいきなり躓(つまず)いて、ぷつりと何かが切れてしまった。

眞琴も今は何も言わないけれど、いずれ嫌気がさすに違いない。運よくアルファに生ま

POSTCARD

1 0 1 - 8 4 0 5

東京都千代田区
神田三崎町2-18-11

二見書房
シャレード文庫愛読者 係

通販ご希望の方は、書籍リストをお送りしますのでお手数をおかけしてしまい恐縮ではございますが、**03-3515-2311までお電話くださいませ。**

<ご住所> □□□-□□□□

<お名前> 様

<メールアドレス>

＊誤送を防止するためアパート・マンション名は詳しくご記入ください。
＊これより下は発送の際には使用しません。

TEL	職業／学年
年齢　　代	お買い上げ書店

Charade 愛読者アンケート

この本を何でお知りになりましたか？

1. 店頭　2. WEB（　　　　　）　3. その他（　　　　　）

この本をお買い上げになった理由を教えてください（複数回答可）。

1. 作家が好きだから（小説家・イラストレーター・漫画家）

2. カバーが気に入ったから　3. 内容紹介を見て

4. その他（　　　　　）

読みたいジャンルやカップリングはありますか？

最近読んで面白かったBL作品と作家名、その理由を教えてください（他社作品可）。

お読みいただいたご感想、またはご意見、ご要望をお聞かせください。

作品タイトル：

ご協力ありがとうございました。
お送りいただいたご感想がメルマガに掲載となった場合、オリジナルグッズをプレゼントいたします。
HPのご意見・ご感想フォームからもアンケートをご記入いただけます ➡

れた息子がここまで順風満帆だったのに、いきなりオメガになってしまい、将来成功する可能性も絶たれたに等しい。なんのために苦労して育てたのかと、ため息の一つでもつきたい気分だろう。

「おかえり！」

玄関を開けると、眞琴がスーツ姿のまま、携帯を持って駆け寄ってきた。出かけている間に帰って来たようだ。

「よかった、今電話するところだったんだ。帰ったらいないから心配になっちゃって」

心底ほっとした様子に、少し申し訳ない気分になる。

「今のとこ体調も平気だしそんなに心配しなくていいよ……」

朔の希望もあって、毎日博子を呼んでつきっきりにさせることはもうやめていたが、相変わらず朔を一人残して仕事に行くことは不安なようだ。かつての自分が朔と同じ境遇に置かれた時、不安定になった経験があるからかもしれない。

「そういえば、朔宛に手紙が来てたぞ」

「……手紙？」

リビングのテーブルに置いてあった白い封筒を手渡される。どこからだろうと思い、差出人を見て目を瞠った。

そこには、堀川侑と書かれてあったのだ。

急いで部屋にこもって開封した。堀川がアルファの生徒に襲われた一件から、一度も会っていないし連絡もとっていない。それが今、こんな形で連絡が来るなど思ってもいなかった。

数枚に亘(わた)る便箋には、ずっと連絡を無視していたことに対する謝罪と、近況が書かれていた。

文章はかつての堀川と変わらない軽い調子で、不思議と胸が落ち着いた。

中学生の時オメガだとわかって以降、それを隠して学校生活を送っていたこと。成長するにつれ発情期が重くなっていき、無理して登校した結果あんなことになってしまったこと。不幸中の幸いで番にはされず、妊娠もしていなかったが、あのまま学校にはいられず、携帯も変えてすべての交友関係を断ってしまったこと……。

退学した後、オメガの生徒への支援が手厚い高校に編入し、この春無事卒業したらしい。浪人して大学進学も目指すという。

手紙を読んだ後、よかったという気持ちと同時に、目の覚めるような思いがした。

自分はどうだろう。この体を受け入れられず、ただ無為に時間を過ごしている。オメガでは理想としてきた人生を歩めないと決めつけていた。アルファでなければ生きる意味がないとさえ思っていた。

なんという傲慢だろうか。

堀川は立ち上がって前に進んだのだ。諦めることなく、自分なりの道を見つけようとしている。

手紙の最後には、堀川の今の連絡先が書いてあった。携帯を取りかけて、やめた。

今はまだその時ではない。恥ずかしくない自分になった時に、堂々と会いに行こうと決めた。

「眞琴、ちょっと話があるんだけど」

夕飯が終わってから、朔は切り出した。

「俺……やっぱり大学行きたい。今年浪人して、来年入れるように頑張りたい」

眞琴は片づけようとしていた皿を乱雑にテーブルに置いて、身を乗り出してきた。

「ほ——本当かっ！　よかった……！」

心底安堵したような笑顔を見て、塞ぎ込んでいる間どれだけ心配をかけたか実感し、胸が痛む。眞琴が自分を疎んでいるかもしれないと、少しでも思ってしまったことを後悔した。

「それでさ、予備校とか……」

気が進まないが金の相談をしようとした時、眞琴はなぜか笑顔で首を振った。その次の言葉は思いがけないものだった。

「実は、入学手続きしてあるんだ。今は休学中ってことになってる」

「……え？」

「朔はいいって言ってたけど、あんなに頑張って合格した大学なんだし、もったいないと思ったんだ。いつか行く気になったら行けばいいんだしさ」

「ほ、本当に？　俺が行く気になるかもわかんなかったのに……休学っていっても、授業料の何割かは払わないといけないだろ」

「そんなのケチるほど困ってないよ」

　そう言うが、眞琴は決して高給取りなどではないし、貯金にもそう余裕はないはずだ。朔の考えが伝わったらしく、眞琴は説明した。

「本当に金のことはいいんだ。お前が思ってるより蓄えはある。今まで、養育費には手をつけずに貯めてきたからな」

「養育費、って……」

「お前の父さんから」

　息を呑んだ。もう一人の父親とは完全に縁が切れていると思っていたので、養育費の支払いを受けていたとは考えもしなかった。

「あいつが大学出て就職した頃から……ここ十年くらいかな。毎月それなりの額をもらってるんだ。最初は意地張っていらないって言ってたんだけど、子供のためだからっ

てさ」

「……初めて聞いた」

「言ってなかったからな」

眞琴は、自分の首筋に消えない傷痕を残した男のことを憎んでいるのだと思っていた。けれど、彼を思い返す眞琴は懐かしそうで、切なくもどこか愛しさすら感じさせるような柔らかい表情だった。

もしかして、相手のことを好きだったの——？

喉元まで出かかった言葉は、音にはならずやがて消えた。

「とにかく今はゆっくり休んで、後期が始まる九月か、来年の四月から復学すればいいよ」

「うん……九月から行けるように、体調を万全にしとく。病院通って発情の周期とか程度とか、自分の体のこともちゃんと理解するようにする」

「急がなくていいからな。朔は頑張り屋だから心配になるよ。疲れた時は疲れたって言っていいんだ」

膝の上でぎゅっと手を握った。

「俺ずっと……頑張らないといけないって思ってた。せっかくアルファに生まれたんだから、大学はいいところに入って、給料の高い会社に入って、眞琴を捨てた男の代わりに支えないとって……」

眞琴は驚いたように少し目を見開いた後、寂しそうに笑った。丸い大きな目は、涙ぐんでいた。

「そっか……ごめんな、心配かけて。俺のこと考えてくれてありがとう。でも大丈夫だよ。アルファとかオメガとか関係なく、朔がいてくれるだけで俺は幸せなんだから」

震える声でそう言って、朔の頭を撫でる。優しく温かい手の感触。それを感じた瞬間、朔の両目からじわりと熱い雫(しずく)が零れた。

＊

会社の前の大通りには桜の木が立ち並んでいる。最後に出社した時よりも、蕾(つぼみ)がだいぶ膨らんだような気がした。オフィスに来るのはちょうど一週間ぶりだが、この短い間にも確実に季節は移っている。

朔の勤め先は、オフィス街が広がる都心のターミナル駅から歩いて十分ほど。十階建てのかなり年季が入ったビルのエントランスには老年の警備員が一人、退屈そうにしながら忙しく通りを行き交う人々を眺めている。警備員に会釈し、エントランスを通り過ぎた。

エレベーターに乗り、総務部がある四階に着く。壁かけの時計を見ると、十一時を少し回ったところだった。自分のデスクへ向かう途中で、欠伸を噛み殺しながら背伸びをしている課長に気づかれた。

「あれ、今日まで休みの予定だったでしょ？　どうしたの」

「体調がよくなったので早めに出て来ました」

「別に休んでくれてよかったのに。無理しないでね？」

入社時から面倒を見てくれている上司はおっとりマイペースで、まだ五十手前ながら好々爺（こうこうや）のような雰囲気がある。部下の休みにも非常に寛容で、働きやすさを常に優先してくれるのはありがたい。上司がこういう空気感だからだろう、部署全体もどこかのんびりしており、たまに営業部のフロアなどに行くと忙しなくてびっくりする。

「大丈夫です。ありがとうございます」

椅子に座り、パソコンを立ち上げる。

発情周期に入ってから余裕をもって今日まで休暇申請を出していたが、昨日の夜には体調が落ち着いてくれたので助かった。そう急ぎではないとはいえ、やり残しの作業を放置しながら休むのは気分が悪い。

朔が大学を卒業し食品メーカーの総務部で働き出してから、もうすぐ四年目になる。アルファからオメガになるという人生最大の転換を迎えてからはちょうど七年だが、幸い発情期は抑制剤を使ってうまくコントロールできていて、出先でヒートを起こしたり、体調が著しく悪くなるという経験はいまだない。

薬で抑え込んでいるとはいえ、発情期になると発熱したり、オメガ独特のフェロモン臭で周囲のアルファに影響を及ぼしたりするため会社を休むことは必須だ。朔の場合、二ヶ月に一回程度、四日ほど休暇を申請している。うまく土日を挟めばさほど業務に影響はないのだが、毎回そううまくいくはずもない。

溜まっているメールのチェックをしていたら、課長が声をかけてきた。

「そうだ、せっかくだから午後イチの会議出てくれる？　前から言ってた外部コンサルとの打ち合わせなんだけど、今後相手方とのやり取りは君がメイン窓口になると思うから」

「わかりました。人事制度改定の件ですよね」

「そうそう。オメガの登用に力を入れようって上からのプッシュがあったからね。うちみたいに大きくない会社だと実績がなくて、いろいろとわからないことが多いからさ。外の手を借りようってことで」

ちょうど十二時になり、まばらに人が立ち始める。朔も席を離れ、オフィスの近くにある公園へ向かった。

おにぎりと簡単なおかずを作って持参し、公園のベンチで食べるのが昼休みの定番だ。たまに課長や同僚と外食することもあるが、毎回だと費用が嵩むので一人暮らしの若手サラリーマンにはなかなかきつい。締めるところは締めて、多くはない給料の中でやりくりしている。

公園に着いていつものベンチに腰を下ろし、梅おにぎりを口に運びながら午後の会議について考える。

朔が所属している部署の名称は総務部だが、人事関連の業務も担っている。人事制度改定の話は前々から経営層で話題に上っていたが、本当に実行に移すのかと感心した。

この七年ほどで、オメガに対する社会の向き合い方もかなり変わってきたように思う。オメガの非正規雇用や発情期に関する差別が社会問題として注目を浴びるようになり、アルファもラット抑制剤を服用するのが推奨されるようになった。服用を義務としている企業や自治体もある。体質が変わるわけではないので生き辛さは相変わらずあるが、世間がそういうふうに動いているのはありがたいことだ。

朔の勤める中戸(なかど)食品は大手ではないが、オメガの正社員採用を積極的に行っていて、福利厚生も充実している。オメガの採用実績や働き方支援の充実をアピールしているところに魅力を感じ、この会社への就職を決めた。朔の所属する部署は社員十名程度の小さな部署で、ベータの部長と課長を除いて全員オメガだ。

働きやすい会社でそれほど困ることなく生活できているとはいえ、将来への不安は漠然とある。定期的にまとまった休みが必要な身では前線の総合職になるのは厳しく、大幅な昇進は見込めない。正社員として働けるだけありがたいと思いながら、そこそこの給料に満足して生きている。

そして何より孤独だ。パートナーが欲しいという気持ちもなくはないが、アルファの男の番になるのは抵抗がある。かといって、オメガでは男として見てくれない女性がほとんどだ。

恋人と呼べる存在がいたことはない。オメガであることを隠していた大学時代、何度か告白されたことはあったが受け入れたことはなかった。恋人になれば体のことを隠しておくことはできないし、オメガであることを明かしてまで付き合いたいと思える相手もいなかったのだ。

そもそも恋人を作るような時間的余裕もなかった。一、二年のうちは新しい環境に慣れるのと、半年間休学していた分の単位を取り戻すのに忙しく、三年からは毎週ゼミの課題とレポートに追われ、気づいたら就職活動というような有様だった。生真面目な学生生活だったなと我ながら思う。

弁当箱を片づけながら、ふと思う。番になってくれと泣いて懇願してきたあの男は、今頃どうしているだろう。

運命の番を探し、朔を運命だと言っていた、今はもう懐かしい男。あれから一度も会っていないが、いまだに朔のことを運命だと思い続けているのだろうか。それとも未熟な学生時代の勘違いだったとなかったことにして、今は別の番を持っているのだろうか。

首を振って、考えるのをやめた。今でもあの男のことを考えると、心にさざなみが立つ。

午後の会議に備えて早めに戻ったので、エレベーターは空いていた。乗ったのは朔一人だったが、微かに甘い匂いが漂っている。前に乗っていた誰かが強い香水でもつけていたのだろうか。どこかで嗅いだことのあるような、不思議な匂いだ。

エレベーターを降りたところで、正面にある受付にスーツ姿の男が二人立っていることに気づいた。社外の訪問客のようで、内線を取ろうとしているところらしい。受付係がいるわけではないので、来客は内線で総務部を呼び出し、用のある社員に繋ぐことになっている。どうせ総務部が内線を取ることになるので、朔は彼らに声をかけた。

「ご用でしたらお伺いしますが」

「ああ、ありがとうございます——」

内線を取ろうとしていた背の高い男が振り返り、朔を見て微笑する。が、その笑顔は一瞬で強張った。

「……朔?」

朔の方も、礼儀も忘れて男の顔を凝視していた。あまりにも見覚えのある顔だった。切れ長の真っ黒な瞳、高い鼻筋——意志の強そうな、嫌味なほどの端整な顔立ち。

「……映月……」

高校時代、朔の心の大半を占めた忘れられない男、そして最悪な別れ方をしたかつての友人だった。

「あれ、筧とお知り合いですか」

映月の横に立っていた連れの男が、にっこり笑って声をかけてきた。年は三十代前半だろうか。映月と並ぶくらい上背があり、面と向かうとかなり威圧感があるが、丸みを帯びた目と人のよさそうな笑顔が印象的で、鋭い美貌の映月とは対照的だ。

「エスティコンサルティングの賀村と申します。十三時から総務部の井上課長とお約束をしておりまして」

思考が真っ白になった。そんな、馬鹿みたいな偶然があるだろうか。しかし確かに目の前には映月がいて、会社の名前は課長から聞いていた外部コンサルに違いない。

「あ……は、はい。ご案内しますのでどうぞ」

ぎこちないながらもなんとか体を動かした。映月も動揺していた様子だったが、詳しい感情までは読み取れない。

二人を会議室に案内してから、課長を呼びに行く。少し早いが打ち合わせを始めようということで、早速名刺交換が始まった。

賀村と先に交換し、映月と向かい合う。

「エスティコンサルティングの筧です。よろしくお願いいたします」

声にはすでに動揺の色はなく、平坦なビジネスのやりとりでしかない。

「中戸食品の深山です。頂戴します……」

名刺を確認するとやはり筧映月と書かれていて、本当にあの映月なのだと実感する。主に課長と賀村が話を進め、朔は手元のパソコンで議事録作成に徹したが、ほとんど話が頭に入ってこない。ただ聞こえてきた文章を打ち込み、後でなんとかまとめることにした。

ちょうど朔の正面に座っている映月は、高校時代と同様に愛想に乏しく寡黙な印象を受ける。紺のスーツの下、淡いブルーのシャツを纏った胸板は少年の頃より厚く、元々大人びていた顔立ちからは完全に子供っぽさが抜けて、洗練された大人の男に変わっていた。

(匂いの元、こいつだったのか)

先ほどエレベーターで嗅いだ匂いが、密閉されたこの会議室ではより強く香っていた。これは香水ではなくアルファのフェロモンの香りだ。発情期の前後は感覚が鋭敏になるので、アルファが近くにいると匂いでわかる。賀村もアルファのような気がするが、この香りは映月で間違いない。前も嗅いだことのある、朔にとっては嫌な記憶を呼び起こさせるものだった。

「筧、A社のデータ持ってる?」

「はい、印刷してきました」

映月は鞄からクリアファイルを取り出し、中に入っていた資料を課長と朔に手渡した。

映月の左手が目に入った時、朔の頭の中はまたもや真っ白に上書きされてしまった。映月の左手の薬指には、銀色の指輪が嵌められていたのだ。

その後一時間ほど会議は続き、朔も課長に振られていくつか発言したが、まともに答えられていたか定かでない。映月と再会した瞬間より、彼の薬指に指輪があるのを見た時の方が、数倍衝撃的だった。

「じゃあ、今日はこんなところですかね。深山くん、後で議事録の送付と資料の格納、お願いいね」

「あっ、は、はい」

素っ頓狂な声が出てしまい、課長は苦笑した。

「どうしたの、そんなびっくりして」

「す、すみません」

羞恥で顔が赤くなる。仕事中なのにぼんやりして話を聞いていないなんて、あるまじき失態だ。

賀村が和やかに微笑(ほほえ)みながら言う。

「そういえば筧とお知り合いのようでしたけど、どういったご関係なんですか?」

「え、そうなのかい?」

課長にも関心を向けられて、朔は曖昧に笑って頷いた。

「ええ……高校の同級生です」

「へえ！　それはすごい偶然だなあ。だったら君を窓口にして正解だったよ。知り合いが相手だったらやりやすいでしょ」

まったくやり辛いことこの上ないのだが、ここは笑って肯定する。

「そうですね……いろいろ、よろしくお願いします」

動揺が表に出ないよう、堅苦しい挨拶をする。映月は律儀に頭を下げた。

「こちらこそ、よろしくお願いします」

会議が終わり映月と賀村を見送った後、緊張が解けてどっと疲れが押し寄せてきた。ほとんど朔の出番はなかったが、ずっと気を張ってしまっていた。

昼休みからさほど時間が経っていないが、どうしても一息つきたくなり、下に降りてコンビニへ向かう。コンビニの入り口付近に先ほど見たばかりの長身の人影があることに気づき――踵を返そうとしたが遅かった。

「あ――朔」

ぱっと顔を上げた映月に気づかれ、諦めて歩き出す。

「まだ帰ってなかったんだな」

「賀村さんが電話中だから待ってる」

そう言って指した少し離れた場所には、確かに携帯を耳に当てた賀村の後ろ姿があった。

「久しぶりだな。まさかこんなところで会うなんて思わなかった」

昔と変わらない、抑揚のない声。オフィス街の路上から、高校の校舎に瞬間移動したような錯覚を覚える。

「……そうだな。すごい偶然だ」

「元気だったか？」

「ああ。お前も……」

変わりなさそうだなと言いかけ、再び薬指の指輪が目に入り言葉に詰まった。

胸が変にざわめく。結婚したのか、とでも軽く聞いてみればいいのに、なぜかその言葉は口にしたくないような気がして、別の話題を探した。

「すごいな。エスティなんて超大手じゃん」

「別にそんなことない。面接でちょっとうまいこと言えば入れる。朔なら余裕だ」

先ほどとは違う痛みが胸に走った。

映月は社交辞令やごまかしは言わないから、多分本気でそう思っているのだろうが、朔は逆立ちしたって入れない。コンサルなんて激務、オメガだという時点で落とされる。でも、映月がそういう考えに至らないのは当たり前だ。アルファの両親から生まれた生粋のアルファである映月が、オメガのような底辺のマイノリティについて考えを巡らすことなどないだろう。

笑顔を作って、当たり障りのない話題に変えた。

「プロジェクト中はいろいろ世話になるよ。幹部の肝煎りの計画で課長も張り切ってるから、よろしく頼む」

ああ、と答えた映月はどことなく歯切れが悪い。躊躇した様子で口を開いた。

「もし……担当代わって欲しかったら要望を出してくれ」

朔の顔から作り笑いがさっと消えた。

顔も見たくないと言って別れたのだ、映月が気を遣うのも当然といえた。

……まして、パートナーのいる今となっては朔の存在は映月にとって黒歴史でしかないはずだ。顔を合わせたくないのはそっちだろうと言いかけて、言葉を呑み込む。

「そうだな。お前の仕事ぶりがこっちの要望を満たさなければ、遠慮なく担当を代えてもらう」

今日は突然のことで動揺したのは確かだが、仕事に私情を持ち込むなんてあり得ない。こちらは高い金を払ってコンサルを頼んでいるのだ、相応の結果を出してもらわなければ困る。

映月は少し目を瞠った後、微笑んで頷いた。

「ああ、そうしてくれ。いずれ、そっちのオフィスに常駐させてもらうこともあると思う。まめに連絡とるようにするから、よろしくな」

どこか安堵したように見えた映月の表情に、胸の奥がなぜか痛んだ。

——そうだ。もうあれは、過去のことだ。

朔からすれば人生を変えてしまう出来事だったとしても、映月から見ればよくある青春の過ちの一つにしか過ぎないのだろう。泣きながら運命とまで言っていたのに、新しいパートナーを見つけているのだから。

「今は実家暮らしじゃないのか？」

映月が唐突にそんな質問をしてきた。

「大学からずっと一人暮らしだよ。今は通勤しやすいとこに住んでる。実家もそんなに遠くないけど」

「たまには実家に帰ったりしてるのか？」

「ちょくちょく帰ってるけど……なんで？」

「いや、なんとなく」

そう言ったきり、気まずそうに顔を背けてしまう。一体どのような意図でそんなことを聞いてきたのかわからないが、オメガの一人暮らしを心配されているのだろうと見当がついた。発情期のあるオメガは、体調やセキュリティの面から言っても一人暮らしは危ないというのが常識である。

哀れまれたことに無性にむかついてきて、思ってもいなかったことが口をついて出た。

「……別に、一人きりってわけじゃない。パートナーと一緒に住んでるし」

映月は朔を見た。予想もしていなかったとでもいうような、驚いた顔で。

朔はふざけるように笑った。

「何、そんなに意外？　俺に相手がいたら」

もちろん真っ赤な嘘だ。朔のうなじは綺麗なままだし、パートナーがいたことなどない。セックスの経験は、七年前のあの時一度だけだ。

ただの虚栄心だ。お前のことなど、七年前のあの出来事など引きずっていない。今は新しい人生を幸せに歩んでいる。そう示したかった。

「……そうか」

その声がやけに柔らかい気がしたのは、罪悪感が薄れたことによる安堵だったのだろうか。

「じゃあ、またな」

「ああ。仕事のことはメールか電話する」

朔がコンビニに入った直後、賀村も電話を終えたようで、しばらくして振り向いた時にはすでに映月の姿はなかった。

　本格的にプロジェクトが始まり、映月とメールや電話でやりとりをするようになってしばらく経った。やはり映月は仕事でも優秀らしく、こちらの質問には的確に答えてくれるしレスも早い。仕事相手として見れば文句のつけどころがなかった。

「深山さん、エスティの筧さんがいらっしゃいました」

　内線を取った女性社員に声をかけられ、朔は席を立って来客を迎えに行く。ここしばらく、朔の会社の小さな会議室を借り切って映月たちは仕事をしている。社内の人事情報や社外に持ち出しできない資料を頻繁に確認したり、役席者と迅速にコミュニケーションをとるためだ。オフィスを出入りするために必要なセキュリティカードの管理等、雑用は朔の役目となっている。

　受付には映月が一人で立っていた。

「あれ、今日は一人？」

「おはよう。賀村さんは午後から来る」

　毎度悪いな、と言ってもう覚えたであろう会議室へのルートを朔の後に続いて歩く。

　二人でいる時は以前のように砕けた口調で話すし、雑談もする。けれど、お互い深いところまでは話さない。映月の結婚についても知らないままだ。

　いつも通り会議室へ案内して、鍵やセキュリティカードを渡して退室しようとすると、映月に呼び止められた。

「そうだ、ついでに中間報告の叩き台見てもらってもいいか」

「ああ」

隣に座って映月のノートパソコンの画面を見る。距離が一気に近づいた瞬間、甘ったるい香りが鼻をついた。

さりげなく椅子を離して、資料を見ながら説明を聞く。

映月の淡々としているが要点を絞った説明は聞きやすく、頭にすんなりと入ってきた。

「そういえば、この間言ってた社員向けのアンケートはもうできてるのか？　質問の項目、大体固まったって言ってたよな」

「この後メールで送る。先に見るか？」

「うん」

画面に、人事制度改定の参考にする社員向けのアンケートが表示される。

匿名だが年齢、第二性の回答は必須となっていて、「能力に関係なく第二性で評価されていると感じることはあるか」といった質問もある。

朔も回答者の一人になるが、この質問に対してはイエスを選ぶだろうな、と思った。

「何か改善した方がいいところ、ぱっと思いつくか？」

「……いや。でも、この質問はするまでもなく結果が見えてるけど」

皮肉っぽく笑って、先ほどの質問を指す。

「ノーが九十七パーセント、イエスが三パーセント」

「……どうしてそう思う？」

「オメガは必ずイエスにする。うちの会社のオメガの割合は三パーくらいだから」

嫌味っぽい響きが口から出て、発言を後悔した。映月の心を波立たせようとした意地悪な自分に嫌気がさす。

しかし、映月は特に感情を表さずに答えた。

「お前の言う通りだ。他の会社で同じアンケートを取った時も、オメガはこの質問に全員イエスと回答してたよ。他の二性でもゼロではないけど、圧倒的に少ない」

でも、と続ける。

「第二性で仕事の評価が左右される人を少なくするために、人事分野で働いてるから。ここでも結果出すよ」

揺るぎない表情だった。あの、飄々（ひょうひょう）として掴みどころのなかった高校生の映月とは全然違う。ずっと大人の顔になっていた。

「……そうか」

急激に嫉妬と羞恥が胸に湧く。この七年、オメガの体に折り合いをつけて生きるのに必死で、どういう仕事がしたいとか、どういうふうに生きたいとか、具体的に考える余裕もなかった。

また映月に嫉妬している。勉強だけでなく、仕事、生き方でも。

「後でメールよろしく。俺、戻るわ」

「ああ。ありがとな」

会議室を出て、大きく深呼吸をした。

鼻にまとわりついていた甘い匂いが霧散していく。

映月といると、アルファのフェロモンと思しき匂いが常に香ってくる。他のアルファではこうはならないから、映月だけに感じるものなのだろう。

映月の方も同じように感じているのだろうか。抑制剤は飲んでいるのだろうが、常に平然としていて変わったところはなく、まったく読めない。

（……運命の番ってやつなのかな）

無二の特別な存在であるというそれを信じているわけではないが、朔にとって映月という人間は、あらゆる面で他の誰とも違うことは確かだ。

運命だからといって、どうこうなるわけではない。すでにお互い、相手がいる――朔の方は設定に過ぎないが――のだ。

席に戻って自分の仕事を片づけながら、余計な思考を振り払った。集中して作業していたら、あっという間に昼休みになる。

いつものように公園で昼食をとった後、午後の仕事のお供に何かお菓子でも買おうかと思い立ち、会社の裏にあるコンビニに寄った。

チョコや飴が並ぶ棚を物色していると、不意に声をかけられる。

「深山さん、お疲れ様です」

「あ――賀村さん」

隣には映月の上司である賀村が柔和な笑みを浮かべて立っていた。

「これからお邪魔するところだったんです。ついでにお菓子でも買って行こうかと思って」

「そうだったんですね。甘いもの、お好きなんですか?」

「ええ。仕事しているとついつまみたくなって。よかったらご馳走しますよ」

これですか? と朔が手に取ろうとしていたチョコの袋を指す。

「え、そんな。申し訳ないです」

「大したものじゃないので気にしないでください」

止める間もなく賀村は会計を済ませてしまい、朔は恐縮しながら受け取った。取引先の人間に奢ってもらうのってまずいのではなかろうかと気が咎めつつも、たった二百円ほどのお菓子だし、と自分を納得させた。

そのまま一緒にオフィスへ向かう流れになり、歩きながら雑談する。

「筧はどうですか? 優秀なんですが無口で、お客様によっては愛想がなさすぎると思われるので」

「仕事はきっちりやってくれているので、感謝しています」

「そうですか、ならよかったです」

賀村は映月が入社してから直属の先輩として一緒に仕事をしてきたのだという。

「お若いのにマネージャーだなんてすごいですね」

見た感じ三十代前半で、管理職というには随分若い。コンサルティングファームは実力主義と聞くし、賀村のように若くても能力があれば出世できるのだろう。

「たまたま恵まれていただけです。マネージャーといってもなったばかりのペーペーですし、いつ筧のような優秀な若手に抜かれるか気が気じゃないですよ」

冗談めかして笑っているが、目は真剣だった。きっと、その危機感は本物なのだろう。頼りになる仕事仲間であり、切磋琢磨するライバルでもある。そんな映月と賀村の関係を羨ましいと思う自分がいた。

かつては自分も、映月にとってそういう存在だと——そうなりたいと思っていた。

「そういえば、筧とは高校が同じなんですよね。どんな生徒だったんですか」

エレベーターは賀村と朔の二人だけだった。フロアボタンを押して答える。

「今とあまり変わらないです。誰がどう見ても文句なしのアルファって感じで。全然勉強してる素振りを見せないのに、成績はいつも一番でした」

文句なしのアルファ、というフレーズが嫌味っぽくなってしまった気がする。幸い賀村は気づかなかったようだが、意外そうに目を瞠った。

「仕事はかなりがむしゃらにやるタイプだから、学生時代そうだったとはちょっと驚きですね」

「え……そうなんですか」

「一年目の研修の時から熱心でしたよ。仕事は黙々とこなしているように見えるんですが、遅くまで残ったり家でも勉強してたりね。そのお陰か、去年若手初の社長賞を取って、結構いいボーナスをもらったりしてるんですよ」

そんなにがつがつしている映月の姿は想像できなかった。もしかして、パートナーとの結婚のために仕事を頑張っているということなのだろうか。なぜか胸が暗く沈む。

「でもあいつ、ボーナスもらっても派手に使ったりしなそうですよね。どうせ貯金なんだろうな」

わざと明るく言ったら、賀村がふふっと微笑んだ。

「私も意外だったんですが、結構でかい買い物をしたんですよ」

「というと……?」

「指輪です。左手にしてるの気づきましたか？　仕事ばっかりで恋人がいる気配もなかったのに、問い詰めたら——」

そのタイミングでエレベーターのドアが開いたのは救いとしか言いようがなかった。営業部のフロアで、数名の社員が乗り込もうとしてくる。朔はとっさに「すみません、ちょっと営業に用があったの思い出しました」と嘘をついてエレベーターを降りた。

どくどくと心臓が嫌な鼓動を打っている。

知りたくなかった。恋人のためにボーナスをはたいて指輪を買っていたなんて。

映月に愛するパートナーがいるのが確定したことよりも、その事実に打ちのめされている自分が、一番嫌だった。

今年の梅雨は長かった。七月が終わりに差しかかろうという今でも、いまだに雨の降り続く陰鬱な毎日が続いている。

外部コンサルを起用した人事制度改定のプロジェクトは、映月や賀村の努力もあって滞りなく進み、来週には改定計画の役員報告を予定しており、いよいよ佳境に入っている。映月もほぼ連日中戸食品のオフィスに入り浸り、遅くまで資料作りに明け暮れていた。

時計を見ると、間もなく二十時といったところで、総務部の社員で残っているのは朔だけだった。

映月はまだ会議室で作業をしている。そろそろゲスト用のセキュリティカードを返却しなければいけない時刻だ。

ノックして会議室に入ると、カタカタとキーボードを叩き続ける映月がいた。

「そろそろ八時だけど、延長申請するか？」

「いや、もう出る。遅くまで悪いな」

息を吐いて背伸びをする。目元にはくっきりと隈が浮き出ていて、ここ数日の仕事ぶりを物語っていた。家にも持ち帰って作業を続けているようだ。

「大変そうだな」

「いつもこんなもんだ」

「これ……差し入れ」

自販機で買った缶コーヒーを手渡す。映月は驚いたようだったが、嬉しそうに笑い「ありがとう」と言った。

缶を開けてごくごく飲んだ後、「ちょっとトイレ」と首を回しながら席を立ち、会議室を出て行った。

映月は本当によくやってくれていると思う。資料作りやデータ集め、質問の回答……どれも質が高く課長も満足している。この調子なら、来週の役員報告も問題なく終わるだろう。

高校生の時はいつも余裕に満ち溢れていて、ろくな努力もせずにトップに立ち続けている恵まれた男だと思っていた。

社会人になった今、顧客として少し離れた場所から見るようになってわかった。映月は元々の能力にあぐらをかかず、表には出さないが当たり前のように努力を重ねられる人間だったのだ。

もし朔がアルファだったとして、映月の立場だったらこれほど頑張れるかわからない。オメガだろうがアルファだろうが、結局映月には敵わない――並ぶことさえできない。

映月のパソコンの画面には、来週の最終報告で出すプレゼン資料が表示されている。離席する時ロックをかけ忘れたのだろう。

映月の努力の塊。もしこれが消えでもしたら大変なことになる。後数日でこれと同じクオリティの資料を作り上げるのは不可能だろう。

(もし……これを、削除したら)

役員への報告に支障をきたして、映月たちの信頼は失墜する。映月は社内でミスを咎められて、評価に大きく影響するかもしれない。

将来有望な若手社員の大きな失敗。エスティのような競争の激しい会社なら、それを虎視眈々(たんたん)と狙っている者もいるのではないか。

マウスに伸ばしかけた手が震える。

いつか、映月を見返したいと思っていた。今ならこの手で、過去のことを忘れ去り将来を嘱望されているアルファに、傷を与えられる――。

（……くだらねえ）

そんなことをしたところで何になる。

胸がすくのは一瞬で、余計惨めになるだけだ。第一、この案件の担当である自分自身にだって被害が及んでしまう。

それに、映月ならまた資料を一から作り上げるだろう。無理だろうがなんだろうが、絶対にこなす。それをやるだけの力がある。

ガチャリと会議室のドアが開き、映月が戻って来た。

「……っ、遅かったな」

もしや、パソコンをいじろうとしていたところを見られただろうか。朔は不自然に映月のパソコンの前に立ったままだ。

「少し腹痛くなってこもってた」

映月に特に変わった様子はなく、淡々と机の上を片づけ始めている。

「根を詰めすぎなんじゃないか」

「多少は無理しなきゃな。お前の期待に応えたいし」

「……資料、いい出来だな」

「本当か。朔がそう言ってくれれば自信が出る」

そう言って笑う映月を見て、一瞬でも卑劣な思考が浮かんだ己を恥じた。

高校生の時より、映月は表情が柔らかくなった。それでも愛想がいいとは決して言えないが、こんなに笑顔を浮かべる奴じゃなかった。

パートナーのお陰だろうか。そう思うと、また胸がちくりと痛む。

「朔ももう帰るのか？」

「ああ、そのつもりだけど」

「それじゃあ一緒に——駅まで行かないか」

一瞬、飲みにでも誘われるのかと思ったが、まるで中学生みたいなことを言われて拍子抜けする。考えてみれば持ち帰って仕事を続けるのだろうし、家で待っている人もいるだろうから、飲みになんて行くはずもない。

朔も帰り支度をし、一階のエントランスで待っていた映月と共にビルを出た。

外は粘ついた湿気が漂っている。日中のような暑さではないが、じっとりと息苦しい夏の夜だ。

「朔と一緒に仕事できて楽しかった」

高校の時みたいで、と映月は口にした。

「あの時、無神経なこと言ってごめんな」

思わず足が止まりそうになった。

あの時というのが何を指しているのかはすぐにわかった。例の一件の後、映月が番になって欲しいと懇願してきた時のこと。

「自分のことしか考えてなかった。お前がどんな気持ちでいるか、わかったつもりでわかってなかった。今さらだけど謝らせて欲しい。本当に……ごめん」

「いいよ、もう。俺にとってもお前にとっても、もう過去のことなんだから」

過去。そう断言しておきながら、どこかで傷ついている自分がいた。

「朔の恋人って……どんな人？」

少しの沈黙の後、映月がそうたずねてきた。

「……優しい人だよ」

みっともない対抗心、虚栄心から出たくだらない嘘。オメガであることに劣等感を抱き、愛情も信じられない自分に番などいるはずがない。たった一人、好きだと言ってくれた人にはもう別の愛する相手がいる。

「そうか。幸せなんだな」

朔は何も言えずに、ただ頭を傾けるようにして頷いた。

お前の番はどんな人なんだ？　俺なんかより、ずっと素敵な人なんだろう――。

聞きたい。聞きたくない。

それ以降お互いに無言のまま、駅まで辿り着く。またな、と手を振って別々のホームへ向かう。

混雑するホームに立ち、朔はぼんやりと電車を見送った。一本、また一本。

電車がホームに入ってくるたび吹く風が前髪を揺らして目を乾かす。けれどすぐさまじわりと熱いものが溢れてきて、眼球に膜を張った。

忘れかけていた気持ちが、映月の顔を見るたび、匂いを嗅ぐたび、あっさりと防波堤を乗り越えて、こんなにも簡単に心を乱す。

まだ好きだ。多分、これからも。

個人的な連絡先は、かつて朔が一方的に断ったまま知らない。仕事を終えたら一切の関係がなくなる。

二度と会うこともなくなるだろう。この気持ちが永遠に燻(くすぶ)り続けるとしても。

最終報告は無事に終わり、上機嫌の課長は賀村と映月を打ち上げに誘った。

店の手配は朔が任され、会社近くの和食居酒屋を押さえた。安すぎず高くもなく、小綺麗な個室のある店で、くだけすぎない飲み会にはちょうどいい。

「エスティさんには本当にお世話になりました。ありがとう!」

乾杯の後、ビールをごくごくと半分ほど飲み干して、明るく課長は言った。

役員の反応は好感触だったし、後は新制度の導入に向けて粛々と動いていくだけだ。いろいろとトラブルはあるだろうが、賀村たちもフォローに回ってくれる。

「御社のご協力あってこそです。深山さんに窓口対応をスムーズにやっていただけたので、助かりました」

「いえ、そんな」

「筧もありがたいと言ってましたよ。なあ？」

賀村が気さくにぽんぽんと肩を叩くと、微笑しながら映月は頷いた。

「はい。担当してくれたのが深山でよかったです」

きゅっと胸がざわめいて、ごまかすようにレモンサワーを呷った。

社交辞令だとしても嬉しい。けれど同時に、映月の足を引っ張ろうとしていた罪悪感が押し寄せ気分が悪くなる。

それでなくても、今日はなんとなく熱っぽい気がした。まだ発情の周期ではないので、風邪気味なのだろうか。長引きそうだったら早めに抜けさせてもらおう。

「そういえば、筧くんって指輪してるけど既婚なの？」

朗らかな課長の言葉に、心臓が氷で握りしめられたかのように縮み上がる。

「深山くんと同級生ってことは今年二十六だろう。若いのにしっかりしてるねえ」

賀村が悪戯っぽく笑い、肘で映月を小突いている。映月は「ちょっとやめてください」

と困ったように賀村を窘めた。

嫌だ、聞きたくない。

「すみません、ちょっとトイレ行ってきます」

さっと立ち上がり、足早に卓を去った。

そのままトイレの個室に駆け込んで息をつく。

(戻りたくないな……)

映月が指輪を贈った相手について、課長たちは盛り上がっているだろうか。その話に混ざって、とても笑っていられる気がしない。

少し時間を置いてから戻ろうと壁にもたれているうち、じっとりと汗をかいてきた。空調が効いていないのだろうか。やけに息苦しい気もしてきて、ネクタイを緩めた。

どうしてか、頭もぼんやりする。久々に酒を飲んだからとも思ったが、まだ一杯も空にしていない。

(……まさか)

「朔? 大丈夫か?」

ドアが叩かれ、はっと顔を起こした。映月の声だ。

「全然戻って来ないから心配になったんだけど……具合悪いのか?」

「あ……なんでもない」

適当に水だけ流して、ドアを開ける。

意外なほど近くに映月がいて、危うくぶつかりそうになった。

「……っ！」

むわっと湿った甘い匂いが鼻腔いっぱいに広がり、眩暈がした。よろめいたところを映月の腕に支えられる。

「どうした？　大丈夫か」

「大……丈夫」

腕を突っ張って映月の体から離れた。少しでも油断すると膝から崩れ落ちてしまいそうになる。

酒のせいではない。発情期だ。まだ予定日より早いのに、こんなところで来るなんて――。

「大丈夫じゃないだろ。ふらふらしてる」

「飲みすぎただけだから」

映月を押し退けるようにしてトイレを出た。意地になって平静を装い、座席に戻る。鞄を取り、談笑している課長と賀村に、具合が悪くなったので申し訳ないが帰ると伝えるだけ伝えて、一目散に店を出た。ろくな挨拶もせず失礼極まりないが、なりふり構っていられない。課長には後でメールして事情を説明すればいい。

震える手で鞄から抑制剤を出し、水もなしに飲み込む。ヒートを抑え込む緊急の薬だ。効果が強い分副作用もあり、ほとんど使ったことはないが、こういう場面では頼るしかない。

道ゆく人々が朔を振り返っている気がする。フェロモンが漏れ出て、発情期のオメガだと気づかれているのかもしれない。早く帰りたいが、この状態で電車に乗るのは危険すぎる。カフェで休むのもだめだ。タクシーがすぐに見つかればいいが、金曜の夜だ。せめて薬が効くまで、どこか人気のない路上でじっとしていなければ。

ふらつく脚で雑居ビルの隙間に入り、しゃがみ込んだ。

（どうしよう、全然おさまらない……）

下腹に広がるもどかしい疼痛(とうつう)。火照る体。気持ちに関係なく変化する体の反応は、恐怖でしかない。

「ねえ、お兄さんオメガ？」

通りの方から、スーツ姿の男がこちらを見ていた。眼鏡の奥から粘ついた視線を向けられ、背筋が凍った。

多分、アルファだ。朔のフェロモン臭を嗅ぎつけたのだろう。

「すごい匂いしてるけど。あーやばい……今日抑制剤飲み忘れたわ。理性飛びそう」

「くっ、来るなっ……」

男はずかずかと距離を詰めてくる。逃げようにも足腰が立たず、しかも反対側は行き止まりだった。

犯されるのか。こんな、誰も来ない路地裏で。

「そいつに近寄るな」

低く冷たい声が男を止めた。いや、彼が止まったのは呼びかけられたからではなく、背後からきた誰かに腕をぎりぎりと摑まれていたからだ。

映月だった。

「お前が触っていい相手じゃない」

一体どんな表情をしているのか、映月を振り返り見た眼鏡の男がびくりと体を震わせる。

「つ……つまんねえ、番持ちかよ」

男が悪態をついて走り去った後も、朔は呆然として立てないでいた。

映月が駆け寄ってきて、朔の肩を支えて抱え起こした。

「タクシーで帰るぞ。運転手がベータなら大丈夫なはずだ」

「……なんで、お前……」

「匂いでわかった。めちゃくちゃ強い抑制剤飲んでるから、お前を襲ったりしない」

流しのタクシーを捕まえ、映月にほとんど抱き抱えられるようにして乗り込む。一人でいいと言ったが、映月は家まで送ると言って聞かないので諦めた。朔が住所を告げ、車が走り出して間もなく、映月は車の窓を全部開けるよう運転手に頼んだ。外を向いて一言も話さない映月の首筋にはじっとりと汗が浮かび、髪が貼りついている。強力な抑制剤を飲んでいるとはいえ、狭い車内でオメガのフェロモン臭をもろに嗅ぐのはきついのだろう。

二十分ほど走った後、朔のマンションの前で降りる。一人で降りて映月にはそのままタクシーで帰ってもらうつもりでいたが、映月は勝手に会計を済ませて自分まで降りてしまった。

「部屋に入るまでは安心できない」

と言う映月に何か言う気力もなく、肩を担がれてエントランスに入り、エレベーターで三階まで上がる。顔の横にある映月の体から強烈に香ってくるフェロモン臭で、意識が飛びそうになった。

こんなひどいヒート、初めてだ。

部屋の前に辿り着いたところで、ついにがくりと膝が折れてしまった。

「朔っ！　しっかりしろ！」

体を起こそうとしても脚にまったく力が入らない。視界に入った映月の顔は紅潮していて、ひどく焦っている。

なんとか鞄から鍵を取り出すのが精一杯だった。映月は鍵を受け取ってドアを開け、朔を抱えて中に入る。

狭い単身者用のワンルームの中にぽつんと鎮座しているシングルベッドに寝かせられ、ネクタイを緩められながらはっとした。

映月には、一緒に暮らす相手がいると伝えている。なのにこの部屋はどう見ても一人暮らしだ。

映月は台所へ行ってコップに水を入れて持って来てくれた。ついでに窓も開けて、ぬるい風が部屋の中を吹き抜ける。

「パートナーは？　今は一緒に住んでるんじゃないのか」

痛いところを突かれて、コップを受け取る手が震える。

「すぐ呼べ。薬で治らないなら、その方がいい」

映月が言っているのは、抱いてもらってヒートを鎮めろという意味だ。

そんな相手などいない。パートナーのいないオメガは、激しいヒートも一人で悶えながらやり過ごすしかない。

映月は大きく息を吐いて、額を拭いながらふらふらと玄関に向かおうとしている。

映月が来てくれなかったら、無事にここへ着いてはいなかっただろう。路地裏であのアルファに犯されて、体も心もボロボロになっていたはずだ。

抑制剤を飲んでいるとはいえ、映月はアルファの本能に必死で抗って朔を助けてくれた。あの時の二の舞にはなるまいと、強く誓っているかのように。

でもこの男には相手がいる。朔ではない、愛した誰かが。

泣きたい気持ちになった。そう思ってしまうのは、きっとヒートのせいで頭がおかしくなっているからだ。

胸の奥からどろどろしたものが湧き起こってくる。抑えられない。

「待って、映月……」

ドアノブに手をかけていた映月の動きが、ぴたりと止まる。

「俺、本当に辛いんだ。今から呼んで、待つのも無理……」

「朔……？」

「お前が抱いてくれよ」

映月の顔が驚愕で凍りつく。朔自身、自分が何を言っているのか信じられなかった。

「何、言って……」

「番契約はしてないからできる。なあ……頼む」

陳腐な後づけだ。怪しいと思われるに違いない。それでも、懇願するような媚びた声は止まらなかった。

「お前にも番がいるんだろうけどさ。いてもできるだろ、アルファなんだから。治療だと思って……突っ込むだけでいいから。可哀想なオメガを助けると思って、してくれよ」

最悪だ。自分の言葉に吐き気がする。

心とは裏腹に、体は醜い本能に従ってベルトを外し、スラックスを下着ごとずり下げていた。

先走りと後ろから分泌された粘液で股間はぐちゃぐちゃに濡れていた。サイドチェストに手を伸ばし、引き出しからコンドームの箱を取り出してベッドに投げ置く。

誰かとのセックスに使うためではない。発情期の際、どうしようもなく後ろが疼く時があって、指に装着して刺激するために持っているものだ。

「お願い……」

膝を立ててゆっくり脚を開き、懇願する。

「お前が、俺の体をこんなふうに変えたんだ」

土足のまま、映月が早足で向かってくる。ベッドに乗り上げて、ベルトを外し前をくつろげ、そそり立ったペニスを露出させた。

喉の奥がきゅっと閉まる。期待か、恐れか……映月がコンドームの箱を引っ掴み荒々しく着ける様を、ただ見守っていた。

膝を抱え上げられて、さらに大きく脚を開かされる。熱い切っ先をあてがわれた途端、理性は蒸発した。

「あっ、あぁっ……」

一度も解(ほぐ)していないはずの蕾は、映月の先端を易々(やすやす)と飲み込んだ。大きくて硬いものが隘路をかき分けていく最中、全身が快感に打ち震える。最奥に辿り着かれたのと同時に、朔は射精していた。

中を満たされ、充足感が体中を駆け巡っている。

映月は熱く切ない眼で、朔を見下ろしていた。

「朔……」

低い濡れた声で名前を呼ばれ、全身がびくんと震えた。

欲情した端整な顔が近づいてくる。キスされる——そう悟った瞬間、朔は顔を背けた。

「いい……そういうの、いらないから」

これは作業だ。挿入以外の行為なんていらない。恋人まがいの行為なんて虚しいだけだ。

映月も、恋人にするような愛撫はしなかった。

小刻みに腰を使われ、打ちつけられるたびに頭の中に火花が散る。機械的な動きなのに、信じられないくらい気持ちいい。

「あっ、あっ……あ、あう」

窓が開いたままなことに気づき、手で口を覆って必死に声を抑える。

強力な抑制剤を飲んでいるからか、映月が以前のように暴走することはなかった。眉を寄せ、辛そうにしながら一心に腰を律動させている。

もっと、もっとと叫びたい気持ちを必死に抑えた。ほんの少しでも気を緩めれば、ヒー

トの熱にすべて持って行かれてしまう。七年前のように我を忘れて乱れるのは、絶対に嫌だ。

やがて、映月は二、三度強く突き上げて、くぐもった呻きをあげながら果てた。中のものがどくどくと脈打っているのがわかる。

「っ……ん」

ずるりと抜かれる感触に、思わず声が漏れた。後ろが名残惜しそうに収縮して、とろりと映月の放ったものが溢れる。

終わりを悟った朔の体からは、潮が引くように熱が引いていった。本当にセックスでおさまるものなのか、と半信半疑だったが……もう狂おしいほどの劣情はない。残ったのは快楽の余韻と苦い後悔だけだ。

「……シャワー、浴びてけば。俺の匂いがついたままじゃ、変に思われるだろ」

努めて平静を装いながら、ベッドに腰かけている映月の背中に声をかける。

「……いい」

俯いたまま短くそう言っただけだった。

ウェットティッシュで軽く後処理を済ませると、映月は一度も朔に声をかけることなく、鞄を持って出て行ってしまった。

濡れた下半身を露出したまま、ぽつんとベッドに残される。笑いたくなるくらい惨めだ。

きっとパートナーがいないのも見抜かれたし、誰とでも寝る奴だと思われたに違いない。しかも、あんな……映月を責めるようなことを言って、傷つけた。映月はもう十分、過去の行いを悔いて自分を責めているのに。今日だって朔が無理に誘ったりしなければ、絶対に抱いたりしなかった。

（ああまでして、映月が欲しかったのか）

せめて、気持ちを伝えればよかった。

あの時お前を嫌いだと言ったのは嘘だと。俺もお前が好きだったと。

定時に仕事を終え、とぼとぼと駅へ向かう。何度も口から吐き出されるため息は、映月のことが頭から離れないためだった。

映月との関わりは、あの夜を境に仕事上ですら途切れてしまった。映月は主担当を外れ、さらに若い社員へ引き継がれたからだ。賀村の話では別のプロジェクトへ移動したということだったが、映月から担当変更を願い出たのだろうということは容易に想像がついた。

仕事中、必要もないのに何度名刺ホルダーを開いて映月の社用携帯の番号を眺めたかわからない。仕事のことで確認したいことがあって、と理由をつけてかけてみようかと思ったこともある。しかし、後任への引き継ぎは完璧で特に困ることもなく、あまりに不自然だったのでやめた。

家に帰れば、なんとなく部屋を見回して映月の忘れ物がないか探した。会う口実になるかもしれないとくだらない期待を抱いたからだったが、都合よくあるはずもなかった。

駅のホームで電車を待ちながら、またため息。こんなに映月に執着して、本当に馬鹿みたいだ。

（映月はもう、俺のことなんて好きじゃないのに）

そう思うとちゃんと傷ついてしまう自分が虚しい。

頭の中の靄を振り払うように顔を上げると、向かいのホームの電車待ちの列の先頭に、今さっきまでの朔のように俯いているサラリーマンを見つけた。

すらりとした長身にスーツを着た、遠目からでも目を惹く男。まさかと思って凝視したら、それはやはり映月だった。ずっと俯いていて朔には気づいていない様子だ。

なんでここに、と思ったがこの駅は巨大オフィス街のど真ん中だ。映月の新しい担当がまたこの近辺の企業でも不思議はない。客先での仕事を終えて帰社するか、帰宅するところなのだろう。

立ち尽くしたまま見つめていると、映月はポケットから携帯を取り出して耳に当てた。何か話しながら、列を外れて歩いて行く。

携帯を持つ映月の左手が目に入る。その薬指には、指輪がなかった。

え、と思って目を凝らすがやはりない。視力は裸眼で一・五だ。見間違えではない。

(別れたのか？　まさか、俺とやったのがばれた？)

いてもたってもいられなくなって、ホームを駆け出す。階段を上がって反対のホームに下りるが、映月の姿はどこにもない。違う階段から上がったのか、それとも電話を終えて電車に乗ったのか……しばらくうろうろしたが、映月は見つからなかった。

(何してんだろう)

一人息を切らしてホームの隅に座り込む。映月のこととなると、今の朔はひたすら惨めでしかなかった。


「お帰り！」

築四十年の傷んだドアを開けた瞬間、待ち構えていたような笑顔の眞琴に迎えられた。眞琴自身もこのマンションと同じくもう四十を超えているが、相変わらず童顔で我が父親ながら怖いほど若い。こうして嬉しそうに笑っている顔など、子供のように無邪気だ。

週末、朔は実家に帰った。実家といっても電車で一時間足らずの距離だから、帰省というほど大仰なものではない。

朔が家を出た後も、変わらず眞琴はここで一人暮らしをしている。

「帰って来るの久しぶりだな。仕事どう？」

「普通だよ。最近少し忙しかったけど、もう落ち着いた」

帰ると連絡したのはつい昨日のことだ。なんとなく、一人で週末を過ごすのが嫌だった。

台所には切った野菜がそのまままな板に置かれている。夕食の準備中だったらしい。

「何作ってんの？」

「お好み焼きにしようと思って。一人だとできないからさ」

お好み焼きは朔の好物の一つだ。眞琴の作る生地はもちもちしていておいしい。

ラッキー、とわざと明るく言ってテレビをつける。土曜夕方のグルメ番組。群馬（ぐんま）かどこかの畑で、出演者が生のキャベツをバリバリ食べて「あまーい！」とわざとらしい歓声をあげている。チャンネルを変えても、ワイドショーや子供向けアニメばかりで、興味の引かれる番組はない。けれど、頭の中に余白を作りたくなくて、見続けた。

「朔」

いつの間にか、向かいの椅子に眞琴が座っている。野菜を切る音が止まっていたことに気づかなかった。

「なんかあった？」

「……なんで？」

「なんとなく」

　おっとりしているようで、眞琴は目敏い。昔から落ち込んでいる時や苛々している時、隠しているつもりでも決まって今のように「なんかあった？」と聞いてきた。

「……映月に会ったんだ。仕事で偶然」

　眞琴の顔が強張ったのを見て、慌てて付け足した。

「別にもうトラウマとかないから。あいつ仕事はできるからむしろ助かったし……割といい感じで一緒に仕事できてたんだけど」

　訥々とした言葉を、眞琴は黙って聞いている。

「この前、ひどいこと言っちゃったんだ。本当……最悪なこと。謝りたいし、言いたくて言えなかったこともある」

　テーブルの上で握った拳が震えた。ぱた、と年季の入った木製の天板に雫が落ちる。

「好きなんだ、と掠れた声で続けた。

「でも、好きって言うのが怖い……それにあいつはもう俺なんかに会いたくない」

　不意に、眞琴が立ち上がった。

　なぜか自分の部屋まで行って、アルミの箱を持って戻って来る。

　何がなんだかわからず目を瞬いている朔の前に置いて蓋を開けると、そこには手紙が入っていた。全部で八通あり、すべて同じ青い封筒で、三日月の絵のシールで閉じてある。

「何これ……」

「手紙。筧くんからの」

呆然として涙も止まった。

「朔が大学に復学する少し前……ちょうど今頃かな。駅で筧くんに待ち伏せされて、これを渡されたんだ。朔に渡してくださいって」

眞琴は重ねてある一番下の、皺ができて少しくたびれた封筒を手に取った。宛名にはこの家の住所と朔の名前。裏には、筧映月と差出人が書かれている。

「俺、腹立っちゃってさ。朔は君のことを忘れて新しい人生を歩もうとしているところだから、受け取れないってきっぱり言ったんだ。でもしつこくて。ごめんなさい、でもお願いしますって何度も言ってくるもんだから、受け取っちゃった。でも、朔には渡さないって言った。そしたら、それでもいいですって言われたよ」

「…………」

「もしいつか、朔が自分に会ってもいいって言った時に渡して欲しいって」

「なんで、八通も」

「毎年この時期にポストに入ってるんだ。いつも同じ封筒とシールだから、すぐわかる」

眞琴から最初の手紙を受け取り、恐る恐る開く。

封を開けて便箋を見た瞬間、懐かしさが溢れ出した。右上がりの少し荒っぽい字。高校の時散々見慣れた映月の字だ。

そこには謝罪――そして、朔への想いが書かれていた。

『どんなに嫌われても、俺は朔が好きだ』

その一文は、文字の至るところが滲んでいた。

そして最後は、『お前が来てくれるのをずっと待ってる』という言葉で締め括られている。

何かに追い立てられるように二通目を開封する。あからさまな謝罪は消えて、代わりに近況が書かれていた。後ろに朔がいると思いながら大学の勉強を真面目に頑張っている、というフレーズに俺は背後霊扱いかよ、と文句を垂れた。そして、ずっと好きだというむず痒い台詞。最後にはやはり、『ずっと待っているから、俺に会ってもいいと思えたら来て欲しい』とある。

一通、また一通と開けて中身を読んでいく。どれも共通して、朔への気持ちと、『お前を待ってる』という旨の言葉が記されていた。

待ってる……朔が映月に会う決心をするのを、だろう。でも「来て欲しい」という表現が時折されているのが気になる。一体どこに――。

「……まさか」

脳裏に、ある記憶が蘇った。

手紙の最後に書かれている日付を見る。どの手紙も七月の中旬から下旬だ。一番新しいのもその時期で、ちょうど二週間ほど前——朔がヒートを起こした夜の直前だった。

「眞琴、海浜公園の花火大会って今も八月の第二土曜にやってるのか。俺の高校の近くの」

「え？　ああ、やってるよ」

そういえば今日だな、と壁かけのカレンダーを見て言う。

「——ごめん、お好み焼き明日食う！」

「え？　どうしたんだ⁉」

驚く眞琴を尻目に、携帯と財布だけ持って部屋を飛び出した。

眞琴はしばし呆然としたのち、机の上に散らかった手紙を眺めて口元を綻ばせた。おもむろに、右手でうなじにある古い傷をさする。

「……そっか。君は諦めなかったんだな」

扉が閉まる直前に滑り込んで、電車の乗客から一斉に注目を浴びた。誰にともなく頭を少し下げて肩をすくめながら、腕時計を見る。

時刻は十八時半を過ぎたところだ。ここから高校の最寄りの海浜公園前駅まで三十分。そこから展望公園まで走っても恐らく十五分以上かかるだろう。花火が始まるのが十九時。

開始には間に合わない。

無意識のうちに電車の扉に頭を擦(こす)りつけ、両手を握りしめていた。ガラスに映っているのは、縋るような、祈るような――滑稽なほど必死な、見たことのない自分の表情だ。

(今年も俺を待ってるなら……頼むから、花火が終わるまでいてくれ)

高校最後の夏、二人で花火を見た。来年も一緒に見たいとあいつは言った。約束だと、嬉しそうな顔をしていた。

大嫌いだ、二度と顔も見たくないと言ったから、映月は決して自分から会いには来なかった。

ずっとあそこで、あの口約束だけを頼りにして待っていた。

七年間、一人であの花火を見上げながら。

(もしそうなら、あの指輪は)

その答えは朔の中で、確信めいたものに変わっていた。

来るかどうかもわからない相手を待ち続けるような男が、他の誰かと付き合うなんて到底思えない。映月はそれほど器用ではない。

朔の部屋での一件の後、外された指輪――その意味は。

『海浜公園前、海浜公園前です』

アナウンスが思考を現実に引き戻す。

ホームに降りた後急いで改札を抜けると、決して広くはない駅構内は案の定人でごった返していた。すみませんと繰り返しながら人の波をかき分け、なんとか通りに出る。瞬間、胸の奥を揺らす轟音と共に、夜空に赤い花が咲いて歓声があがった。キラキラと落ちていく光の屑が、砂時計の粒に見えた。

次々と打ち上がる大輪の花々に見惚れる観衆の中で朔はただ一人俯き、歩を進めながら携帯を取り出して地図アプリを開いた。

目的地の名前はわからなかったが、記憶を辿り大まかな当たりをつけて探したら、それらしき場所に坂中展望台駐車場というのを見つけた。とりあえず目的地に設定して走り出す。じっくり探している時間などない。この一秒すら惜しい。

人混みの隙間を縫うように走る途中、母校の制服を着た男子グループとすれ違った。皆、講習終わりに花火を見に来ているのだ。あの時の朔たちのように。

アルファとして順風満帆な人生を歩むのだと信じて疑わなかったあの頃。どんな時も、映月の存在に心をかき乱されていた。映月の背中だけを追いかけ、苛立ち、憧れた。それらが複雑に混ざり合った感情の名前をなんというのかも知らずに。

大通りを逸れて狭い峠道に入った。見覚えのある山側の鬱蒼とした茂みや凸凹のアスファルトは、確かに映月に悪態をつきながらのろのろ上った坂だ。まさか、何年も経った後に必死の形相で駆け上がる羽目になるとは思わなかった。

さすがに途中で息が切れるが、足だけは止めない。走れなくなったら歩き、息が整ったらまた走る。

必死に走って辿り着いても、今年も来なかったと諦めて、映月はもういないかもしれない。いや、そもそもあんなことがあったのだ、来てすらいない可能性の方が高い。

それでも、砂の一粒だけでも希望があるなら、諦めたくない。

握りしめた携帯が小さく震えた。目的地が近づいたことを示す通知が表示されている。暗く果てしない坂の上に、白い街灯にぼんやりと照らされた案内板が見えた。

あそこだ。ようやくゴールが見えて、朔は少し速度を緩めた。必死に呼吸を落ち着かせるが、心臓は黙ってくれない。

坂中展望台と書かれた案内板の先には記憶と同じ駐車場があり、なんの遮蔽物もない崖側の空にはいくつもの花火が咲いては散っていた。

あの時と同じく閑散とした駐車場に、一台だけ車が停めてあるのを見て、息を呑み込んだ。

駐車場にある街灯は一つだけ。その白い光が暗闇に沈む世界をほんのりと照らし、一つの人影を浮かび上がらせている。

崖側の柵に両手をかけ、花火の上がる空を眺めている男がいる。

急に視界が歪んで、熱い雫が頬を流れた。孤独な背中を見ただけでどうして涙が溢れるのか自身に問う暇もなく、朔は駆け寄りながら震える声を投げかけた。

「映月」

男が振り返ると同時に、いくつもの白い閃光が空に弾けた。瞬間、精悍な美貌が照らし出され、彼がまるで幽霊でも見たかのように目を見開いたのがわかった。

「………朔？」

呆然とつぶやいた映月の手元を見る。小さな黒い箱が握られていた。それを持つ左手の薬指に、やはり指輪はない。

息を切らしながら、映月の目の前に立つ。のろのろと手を伸ばして、頬に触れた。幻ではない。映月は確かにここにいる。

また涙が溢れた。絶え間なく打ち上がる花火の音も光も遠い。映月しか、今の朔の世界にはいない。

「朔、どうして……」

「手紙、読んだ」

ようやく呼吸が戻って、なんとか言葉を紡ぎ出した。けれど心臓は相変わらず早鐘を打っている。

「……俺に会いに来てくれたのか？」

映月がようやく声を絞り出した。その声は掠れ、震えていた。

「そうだ」

真っ直ぐに映月を見つめる。

七年間、どんな顔で、どんな気持ちで花火を見上げていたのだろう。あの手紙だって、永遠に読まれることなどなかったかもしれない。朔が高校時代の口約束を思い出す保証なんて、どこにもなかった。

それでも、映月は朔を待ち続けたのだ。

どうして、とは聞かなかった。その答えはもう、朔の中にある。

「好きだ……」

それ以上黙っていたら胸が潰れそうで、考えるより先に吐き出した。あまりにも唐突な告白だった。あの卒業式の日、映月が朔に言ったように。

けれどこれ以外、今の気持ちを伝える言葉など見つからない。

まばらに咲く花火の光が、気まぐれに映月の顔を照らす。映月は凝然としたまま、ただ朔を見つめている。

「付き合ってる人がいるなんて、嘘だ。お前に好きな人がいるのが悲しくて……引きずってるって思われたくなくて強がっただけなんだ……キスも、その先も映月しか知らない」

固まっている男の体を抱きしめた。鼻腔をくすぐる甘い芳香が、愛しさを溢れさせる。

「……俺も、お前を好きでいていいのか？」

痛いほどに、恐れと不安に満ちた声だった。

「俺は、お前が必死に積み上げてきたものを全部台なしにしたんだ。無理矢理、傷つけて……憎まれて当然だ」

夕焼けに染まる公園の情景が脳裏に蘇る。

ぐちゃぐちゃになった心を宥めるために、映月を傷つけた。それが呪いとなって、その先ずっと映月を縛りつけるとは考えもせず。

「違う、俺は……心の底からお前を憎いなんて思ってなかった。オメガになって、お前と対等じゃなくなるのが悲しくて、怖かったんだ」

あの頃の朔にとって、オメガは不自由で虐げられる、弱い性だった。そうなってしまった自分を受け入れられなかった。

もはや自分は、アルファである映月にとって庇護と欲情の対象でしかない――そう思ったら、ただでさえめちゃくちゃだった気持ちが、さらなる絶望の底へ突き落とされた。

「教室でキスされた時、本当は嬉しかった。大嫌いなんて、顔も見たくないなんて嘘だ……本当はお前のことが好きだったんだ……！」

好きだとたった一言伝えるのに、これほど胸が締めつけられるなんて知らなかった。どうしようもなく切なくて痛い。

広く硬い背中にしがみつく両手に力をこめたら、息もできないくらい強く抱き返された。

熱を帯びた吐息が耳朶に触れ、体の芯に火が灯るような心地がする。

「朔は朔だ。第二性がなんだろうと変わらない。お前がアルファでもベータでもオメガでも……俺はきっと恋をした」

目を閉じたら、また涙が溢れた。心の奥底に棲んでいた、暗い部屋に閉じこもって膝を抱えている十八歳の朔が、静かに消えていく。

「お前が好きだから、運命にしたかった」

運命の番などというものが本当にあったとしても、なかったとしても、自分たちがそうだったとしても、そうでなかったとしても。

そんなことはどうでもいい。ただ願うだけだ——隣にいたいと。

映月の長い指に拭われても、涙は止めどなく零れ落ちていく。

「キス、していいか……?」

恐る恐る囁かれた問いに、頷く。

七年以上の時を経て重ねられた唇は、温かかった。

助手席のシートを目一杯倒して、二人で絡み合う。セダンの中は抱き合うには狭すぎて、小さな水槽の中に閉じ込められたようだ。人通りがないとはいえ、誰に覗かれるともわからない状況でどうかしている。だが、どこかに移動するなんて無理だった。今すぐ、お互いを感じたかった。

夢中でキスしながら、裸に剝かれた上半身を熱い掌にまさぐられる。発情期でもないのに体中恐ろしいくらい敏感になっていて、映月に触れられるだけでそこから快感が広がっていくようだ。

乳首を指先でつままれながら耳を食まれ、びくっと体が跳ねた。くすぐったいような、なんともいえない心地に身を捩らせながら、震える指で映月のシャツのボタンを外していく。

引きしまった硬い筋肉に覆われた男の体を引き寄せ、鎖骨や首筋に唇を這わせた。蕩けた吐息を漏らしながら囁く。

「映月、した、触って……」

さっきから後ろが疼いて仕方ない。触られていない自身もすっかり芯を持ってズボンを押し上げている。

願い通り映月は朔のズボンを下着ごと足首までずり下ろし、反り返ったペニスに触れてくれた。

「あっ、んぅっ、ああ……」

優しく握り込まれゆっくり扱かれながら、胸の突起を舌で愛撫される。気持ちいい。だけど、そうされると余計に後ろがきゅんきゅんひくついて辛い。愛しい男の熱を待ち侘びて、切ないほどにそこは潤んでいる。

「も、もう……いいから、入れて……」

今すぐ全身を映月でいっぱいに満たして欲しい。一秒だって我慢できそうにない。

映月の手が中心から零れ落ちる蜜を辿りながら、双果の後ろの窄(すぼ)まりを這う。つぷ、と長い指が入り込んできて、その刺激に喉を反らせた。

内側にある快楽の源を指の腹で撫でられ、押され、あっという間に高みへ持ち上げられる。いつの間にか二本目も入り込んできて、残酷なくらいゆっくり解されていく。

押し寄せる快感の波に、朔は決壊寸前だった。

「映月っ……はやく、はやくいれて、も、大丈夫だからっ……」

「でも……傷つけたくない。優しくしたい」

映月のものも、ズボン越しに硬くそそり立っているのがよくわかる。一刻も早く解放したいだろうに、過去の経験から朔を傷つけることを極端に恐れているようだった。

しかし今の朔にとっては、これ以上焦(じ)らされる方が苦痛だ。

「大丈夫、だから。来て……早く映月が欲しい……」

「っ、朔……！」

狭い車内では十分に脚を広げることはできず、両脚をまとめて映月の肩に抱えられるような体勢になった。すべて晒す格好を恥ずかしいと思う余裕もなく、後ろにあてがわれた硬いものの感覚に、期待で弾けそうになる。

じわじわと押し進められ、そこが口を開けて映月を受け入れていく。

混乱のただ中にあった一度目より、ヒートの熱に苛まれていた二度目より、遥かに優しく穏やかで、けれど狂おしいほど深い恍惚を感じた瞬間だった。

「あっ……あう、あ」

潤んだ襞を擦られながら、ゆっくり満たされていく。

「さ、く……辛くないか?」

苦悶に満ちたような声に、ぶんぶん首を振った。

「もう少し、奥まで行っても……大丈夫か」

「きて、きて……もっと、おねが……あんっ!」

ぐっと突き入れられて声が裏返る。

「朔……好きだ」

少しずつ腰を揺らしながら、陶然と映月がつぶやく。ざわざわと肌が粟立って、体中が愛しさで包まれるようだ。

「俺も、好き……映月が好き……!」

脚がずり落ちて、映月の腰をぎゅっと抱きしめる。映月は朔の上に覆い被さり、腕の中に朔を閉じ込めて腰を動かした。

肌と肌が合わさって、映月との境界が曖昧になる。ぐちゃぐちゃに溶けて混ざり合って、車の中にふわふわ漂っているような感覚。

「あ、はづ、き、いく……もう、やっ、あぁ」

「俺も……我慢できない……」

車ごと揺らしながら激しく突き動かされ、頭の中に花火が飛ぶ。痺れるような快感が爪先から脳天まで一気に貫いて、映月を締めつけているそこがぎゅうぎゅうと収縮した。

「あっあぁ、ふぁ……あぁっ！」

びくびくと痙攣(けいれん)し、腹を白濁が汚す。ほとんど同時に、映月も朔の中で達したのがわかる。

……しばらく、抱き合ったまま動けなかった。世界から一切の音が失われたかのように、静かだった。花火はとっくに終わっている。今この場にある音は、二人分の荒い呼吸だけだ。

見つめ合い、またキスをした。何度しても飽くことなく、愛しさが溢れ出す。

最中、映月が好きだということ以外何も考えていなかった。思うまま、彼を感じる。ただそれだけだった。

発情期とか、オメガだからとか、そんなの関係なく好きな人と愛し合うのがこんなに幸せなことなのだと、朔は生まれて初めて知った。

「これ、受け取ってくれるか」

花火が終わってくすんだ夏の夜空を見上げていたら、隣に座っている映月が黒い箱を差し出してきた。

夏の夜風に当たりながら行為の余韻でぼんやりしていた朔は、それがなんだかわからず首を傾げた。

映月が蓋を開ける。中には銀色の指輪が二つ入っていた。

「もしかして……こっち、お前がしてたの？」

大きい方の指輪を指して聞くと、映月は頷いた。

「去年、ボーナスで買ったんだ。いつかお前に会えた時に渡そうと思って」

「なんで着けてたんだ？」

映月は少し照れたように耳の上をかいた。

「俺のパートナーは朔だけだから」

「……恥ずかしい奴」

「それに、相手がいると思われた方が面倒が少ない」

賀村など一部の親しい人には、付き合ってはいないけれど心に決めた相手がいると説明していたらしい。愚直なほどの一途っぷりを散々囃し立てられたそうだ。

「モテ自慢かよ」

実際、相当モテていたことは容易に想像がつく。愛想はないけれど一流企業勤めの高給取りで、しかもこんなに格好いいのだ。モテない方がおかしい。

（って、なんで格好いいとか普通に思ってんだよ！）

一人で赤くなって突っ込むが、実際そうとしか思えないのだから仕方ない。

「朔？　指輪、嫌だったか」

悲しそうに眉を下げる顔にもきゅんと来てしまう。

「嵌めて」

左手を差し出すと、映月は嬉しそうに笑って小さい方の指輪を取り出し、朔の薬指にそっと嵌めた。

飾り気のないプラチナのリング。映月らしいと思った。

「ん、少し緩いか。俺の小指に合わせたんだけど、朔の指は細いな」

「……なんかむかつく」

「悪かった。今度一緒に直しに行こう」

そっちじゃねえよ、と突っ込む気力は映月の顔を見たら失せてしまった。大切な宝物のように朔の左手を握り、穏やかで満ち足りた笑顔で薬指に光るものを見つめていたからだ。

「夢みたいだ……朔がこれをしてくれる日が来るなんて」

「……仕事で会った時、なんで俺とのペアリングだって言わなかったの？」

「朔はまだ俺に会いたくなかっただろうって思ってたから、言えなかった。すぐお前にパートナーがいるって話も聞いたしな」

そうだった。映月に相手がいると誤解して、ショックと虚栄心からくだらない嘘をついたのだ。

「最初の会議の時、絶対誤解させたって思った。会議中、俺の手元ガン見してたから」

図星をさされて気恥ずかしい。

「かといっていきなり外すのも不自然だろ。朔に下心があるから外したって引かれるのも嫌だった」

最近は着けてなかったけど、とつぶやく。

「……実は今日、これを捨てに来たんだ。花火が終わったら、ここに置いていくつもりだった」

朔が展望公園に来た時、映月が指輪の箱を持って花火を見ていたことを思い出す。その時まさに、箱は映月の手を滑り落ちようとしていたのだ——朔への想いと一緒に。

「飲み会の日の後……朔が俺を受け入れてくれる日なんて来ないのかもって思った。絶対にもう朔を傷つけないって誓ったのに、結局また欲望に負けた自分も許せなかった。朔にはもうパートナーがいる。俺がいなくても……いない方が幸せなんだって、納得しようとしてた」

胸が切なくて、苦しい。そう思っていたのは自分も同じだった。もっと素直になっていれば、映月を傷つけることもなかった。

隣の男を目一杯抱きしめる。

「映月、ごめん！　俺っ、あの時お前を行かせたくなくてあんな、誘うような真似したんだ。ああ言えば映月は帰れないって思って……俺の方こそ、汚くてずるかった……」

映月に頭を撫でられる。それだけでもう、泣きそうになった。

「助けてくれて、ありがとう……嬉しかった」

「うん。お前が無事でよかった」

「俺、映月じゃなきゃ嫌だ。本当に好き。全部好きだ」

俺もだ、と映月も繰り返し、見つめ合ってどちらからともなくキスをする。

映月と初めて心の奥底から結ばれ愛を知ったこの夜を、一生忘れることはないだろう。

長かった今年の夏が、ようやく終わった。

九月も後半になって涼しい日が増えてきたが、まだまだ信じられないくらい気温が上がる日もある。今日は幸運にも秋らしく過ごしやすい天気となるようで、朔は半袖のシャツの上に薄手のジャケットを羽織っていた。

雑踏の中、すれ違った若者と肩がぶつかり危うく転びそうになったが、逞しい腕に支えられて事なきを得る。

「大丈夫か？　よく転ぶな」

と、呆れでも嫌味でもなくただの感想として言われ、朔はいつものように刺々しく言い返してしまう。

「転んでねえけど？　てか、わざわざ支えられなくても大丈夫だったんだけど」

「あ、あのカフェじゃないか？　待ち合わせ場所」

相変わらずマイペースな恋人に、いちいち怒ることも少なくなった。というか、こっちばかりが疲れることに気づいてやめた。大人になったものだ。いや、高校生の時より体力が減ったというところか。

映月が指したのは、大通り沿いの広々としたテラスカフェ。看板に書いてある店名は、メールにあったものと確かに同じだ。

店に入り、店員に待ち合わせであることを伝えようとした時、奥のテラスの方から懐かしい声が飛んできた。

「おーい！　朔、篁！」

振り向くと、パーカーにジーンズというラフな格好をした茶髪の青年が、テラス席から手を振っていた。それを見た朔の顔がぱっと輝く。

会うのは実に九年ぶりだが、人懐っこく明るい笑顔は記憶の中とまったく変わっていなかった。

「堀川！」

昔もらった堀川からの手紙を引っ張り出して、書いてあったアドレスにメールを送ったのは二週間ほど前のことだ。ずっと連絡したいと思っていたが、オメガになったことをどう説明すればいいかわからず、踏ん切りがつかずに何年も経っていた。しかし映月と付き合い、今の自分を堀川に報告したいという気持ちが強くなった。そしてついにメールを送ったのだ。

メールには、堀川が退学してからのことをすべて赤裸々に書いた。卒業式での映月とのこと、オメガになったこと、堀川の手紙のお陰で奮起し大学に通って無事卒業できたこと、映月に再会し、紆余曲折を経て恋人になったこと……何年も前に知ったアドレスだったので、変わっていたらどうしようと心配になったが、幸い堀川はすぐに返事をくれて、とんとん拍子に三人で会う約束を取りつけた。

堀川は上から下まで映月を観察し、ほえーと間の抜けた声をあげている。

「筧、でっかくなってね？　てかガタイよくなったよな！」

「高校から四センチ伸びた。ジムも行ってる」

「マジかよ、俺全然伸びなかったのにずるい。あ、朔は変わってねえな！　安心した！」

「うっせ」

あまりにも堀川が昔のままで、高校時代に戻ったような錯覚を覚える。

座れよ、と促されて堀川の正面に座った。今日会うのは堀川だけではない。彼の隣には、二、三歳くらいの女の子がいた。さっきまで堀川が食べさせていたであろうお子様向けランチプレートのご飯粒を口周りに大量につけて、きょとんと朔と映月を見ている。

「えっと、美羽ちゃんだっけ」

朔が言うと、堀川はにっと笑ってみせた。

「そ！　俺が産んだ！」

堀川は大学時代に出会ったアルファの男性との子供を身ごもり、大学卒業とほぼ同時に結婚・出産したらしい。メールで実は子供がいると聞いた時は仰天したが、「あーあ、またこんな汚して」と言いながら娘の口元を拭っている堀川の姿はなんの違和感もなく親そのもので、朔はその光景に見入ってしまった。

「すご……ちゃんと親やってるんだな」

「あったりまえだろー。俺、元々子供好きだったんだぜ。もう自分の娘ともなると可愛いのなんのって」

嫌そうな顔をされながらも娘に頬ずりする堀川は、本当に幸せそうだ。ここに至るまで、きっと辛いことがたくさんあったに違いない。オメガの体や世間の目……けれど、そんなものは関係なく娘が愛しいと今笑っている堀川が、心底格好いいと思った。

「筧も長年の片想いが叶ってよかったな。高校の時からめっちゃ朔のこと好きだったもんな」

からかうように言う堀川に、内心首を傾げた。堀川が高校にいたのは二年の途中までだ。告白されるより随分前だし、もちろんその時期に映月からそういう空気を感じたことはない。

しかし映月は素直に頷いている。

「今の方がもっと好きだけどな」

「うひゃっ、お熱いね！」

「ちょ、ちょっと待て！　堀川、知ってたのか？」

一人動揺している朔に、堀川はあっけらかんと言った。

「そりゃあ見ればわかるだろ。朔、朔っていっつも引っついてたし。てか、お前と一緒のクラスになるために文系選んだんだぜ？　そこまでするとか、好き以外の何ものでもねえだろ」

全然気づかなかった。あの頃は、ただ単に朔のことを面白がっているだけだと思っていた。

顔を赤くして、隣の無表情な男を見る。

「そ、そうだったのか……？」

「うん。今思えば、初めて見た時から惚(ほ)れてた」

堀川ですら悟っていたのに、気づいていなかった自分がとんでもない間抜けに思える。改めて考えたら、とんでもなく長い時間だ。会っていなかった時間も含めておよそ十年、ずっと映月は想ってくれていた。胸がどきどきして、顔が熱くなる。

「ちょっとお二人さん。子供の前で色っぽい雰囲気作らないでくれます？」

堀川がわざとらしく不満げな顔をして、美羽の目を手で覆っている。

「今の朔、すごく可愛かったのに……邪魔された」

「うるせー！　家でやれ！」

三人とも声をあげて笑い、空気がほっこりと温まる。またこうして顔を合わせて笑えていることが本当に奇跡のように思えて、楽しいのになぜか涙が出て来そうになった。

それから近況報告や思い出話は絶えることなく、結局三時間近くも話し込んだ。美羽は途中で眠ってしまった。

また会おうなと約束して、堀川と店の前で別れた後、薄暗くなった通りを映月と肩を並べて歩く。

上着の中で携帯が震えた。眞琴からメールだ。

「あ、今日俺んちで晩飯食ってくよな？　お好み焼きだってさ」

お好み焼きと聞いて、映月の目がきらきら輝く。無邪気な子供みたいで可愛い。

「先週もお邪魔したばっかだけどいいのか」

「むしろ、お前の食いっぷりがいいから張り切ってるよ。『筧君も来るなら帰るついでに材料追加で買っといて』だってさ」

「じゃあ駅前のスーパー寄るか」

「あそこ高いからうちの近くのとこ行こうぜ」

電車に乗って実家の最寄り駅で降り、目的地のスーパーへ歩いて行く。土曜の夕方だからか、それともさっきまで堀川親子といたからだろうか、公園で遊んでいる子供や幼い子を連れた家族が目についた。

「美羽ちゃん可愛かったな。お前、怖がられてたけど」

「ああ」

「堀川、幸せそうでよかった」

「そうだな」

「……子供欲しい？」

ぽん、と頭の上に手を置かれる。

「どっちでも。俺は朔がいればいい」

予想していたのと寸分違わぬ答えに、無意識のうちに笑みが零れる。

「ま、その前に結婚だな」

男性同士でもアルファとオメガなら婚姻できる。映月は籍を入れても入れなくても、どっちでもいいと言っていた。朔の方も特にこだわりはないと思っていたが、今は籍を入れたい気持ちが強い。映月と結ばれた証が、一つでも多く欲しかった。

ただ一つ映月が望んだのは、朔がいいと思えた時で構わないから、番契約を結びたいということだった。発情期のセックスでアルファにうなじを噛まれれば、オメガはそのアルファの番となる。そうすれば、朔の体は一生映月しか受け入れられなくなる。万が一別れたとしても、映月が先にこの世を去っても……朔は他の人間と関係を結ぶことはできない。

昔の朔なら、そんなの恐ろしくてとても無理だった。けれど今なら——映月なら、受け入れられそうな気がする。まだ迷いはあるけれど。

きっとこの先映月以外の誰かを愛することはないだろう——もし映月が朔より先に生を終えたとしても、それは変わらないと思った。

そして映月が自分以外の誰かを愛することはないということも、朔は強く確信していた。

「朔」

「ん?」

「俺は一生朔のことが好きだよ。何があっても」

無愛想で寡黙なこの男は、どうしていつも欲しい言葉をくれるのだろう。公衆の面前で恥ずかしげもなく愛を囁くタイプには見えないのに、朔の前では呆れるくらい情熱的で素直だ。

「知ってる」

朔も微笑みを返した。

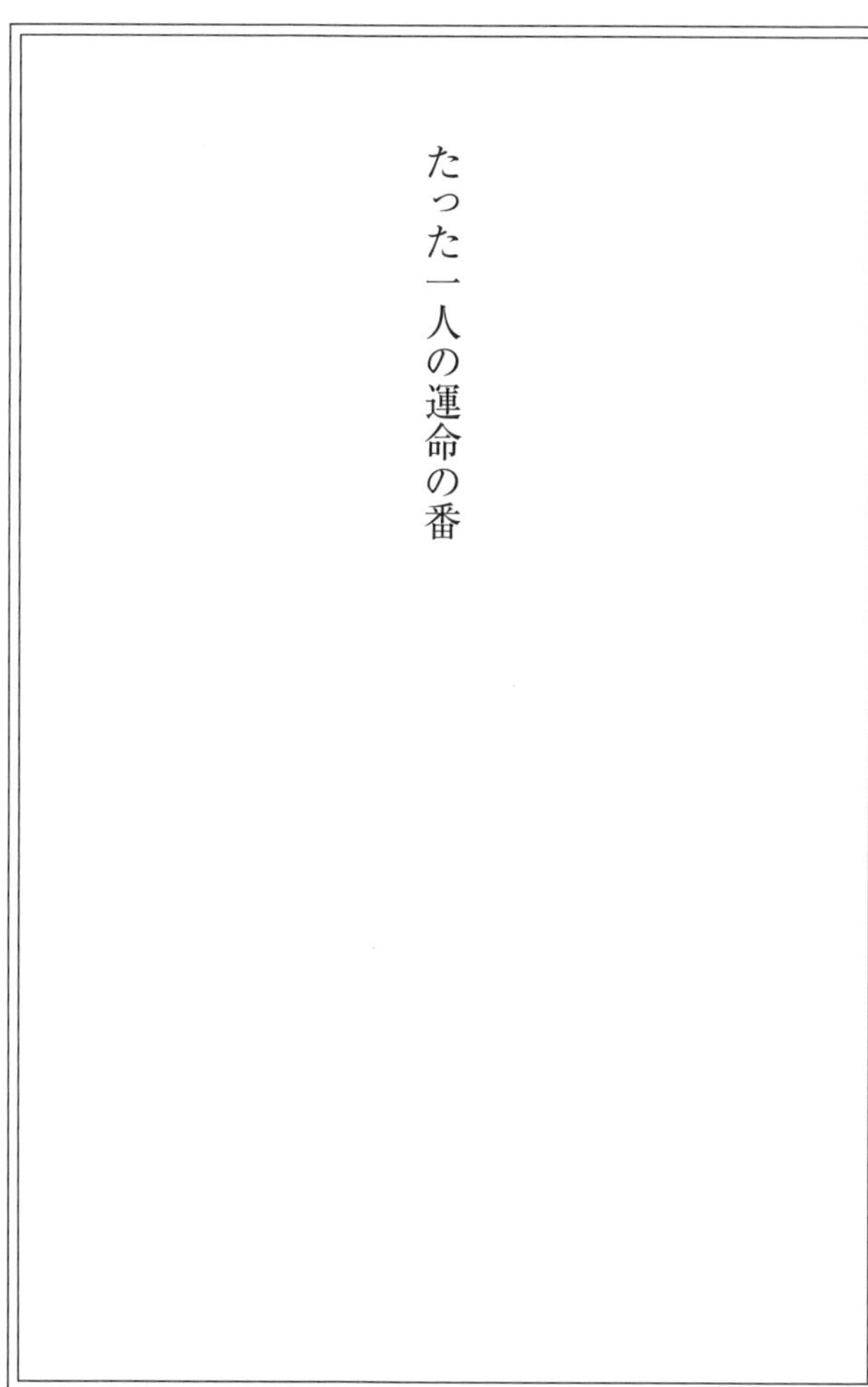

たった一人の運命の番

香ばしい匂いに鼻腔（びこう）をくすぐられて、朔（さく）は重い瞼（まぶた）をゆっくり持ち上げた。遮光カーテンの隙間から差し込む白い光に、一瞬目が眩（くら）む。もう朝が来たらしい。

ぼんやりしながら体を起こして隣を見ると、眠りに落ちた時はしっかり抱きしめていたはずの男は、すでにいなかった。

ジューという何かを焼く音で、寝ぼけた頭がようやく状況を理解する。今日こそは早く起きて朝食を作ろうと思っていたのに、またその役目を譲ってしまったようだ。

朔は朝に弱い。アラームは毎朝三分おきにセットしており、いつもは四、五回目でようやく目が開くくらいだ。今日のように恋人の家に泊まる日は大抵起こしてくれるので、その必要はなくなった。もっとも今日は土曜日なので、朔としてはいつまでも惰眠を貪っていたいのだが、せっかく作ってくれているらしい朝食を食べないわけにはいかない。

ベッドの脇に落ちていたTシャツとスウェットパンツを手早く身に纏（まと）って、リビングへ向かう。

「おはよ……」

「ん、起きたのか」

ちょうど、映月（はづき）がテーブルに目玉焼きの載った皿を置いているところだった。すでにシヤツとスラックスに着替えていて、髪も綺麗に整えてある。

「ごめん、朝飯俺が作るって言ったのに」

これから出勤だというのに一足早く起きて二人分の朝食の用意をしてくれていた恋人の姿を、ぼーっと眺めてしまう。窓から差し込む晴れやかな朝陽を浴びて、やたらキラキラして見えた。

寝癖のついた朔の頭をぽんぽんと撫でながら、映月は「いいよ」と言う。

「昨日寝るの遅かったし疲れてるだろ」

「あ……うん」

昨夜のことを思い出して顔が赤くなる。仕事終わりに待ち合わせて飲みに行き、そのまま映月の家に泊まったのだ。もちろん大人しく眠ったわけはない。

「それよりこれ、結構うまく焼けたぞ。早く食べよう」

端が焦げ、黄身の部分が白くなって固そうな目玉焼きを誇らしげに見せてくる。お世辞にも見事とは言えないが、付き合った当初のことを思い返せばすごい進歩だ。

今日の朝食は目玉焼きとウインナー、トーストというシンプルなメニューだ。しかもどれも少し焦げているが、休日出勤前に恋人が作ってくれたものと考えれば豪華すぎるくらいだ。

向かいに座って一緒に朝食を食べ始める。

「今度は卵焼きに挑戦してみようかな。四角いフライパン買って」

「卵焼きって綺麗に作るのすげえ難しいぞ」

「練習する。失敗したらスクランブルエッグにすればいい」

朔が教えてやった定番の解決法だ。

当初、自炊の習慣がまったくなかった映月は卵を割ることすらろくにできず、殻がふんだんに入ったスクランブルエッグを食べたのは一度や二度ではない。

朔も料理にこだわるタイプではないけれど、節約のために自炊をして慣れていたので、目玉焼きの焼き方から包丁の使い方など基本的なことを映月に教えたのだ。大抵のことはそつなくこなす映月だが手先は不器用で、野菜を切るのに悪戦苦闘している様はなんだか面白かった。

「あ、もうこんな時間か。行かなきゃ」

慌ただしく皿を片づけ鞄を手にした映月を、玄関まで見送った。

「悪いな、最近中々時間取れなくて」

大きなプロジェクトの主要メンバーになったらしく、ここ最近は遅くまで残業し、こうして休日出勤する日も珍しくない。大変そうだが、映月は仕事にやりがいを持って取り組んでいるようだし、自分のために仕事をおろそかにはして欲しくない。

「気にすんな。しっかり稼いでこい」

靴を履いた映月は少し笑って、いきなり朔の体に腕を回してきた。ふわりと漂う甘い香りに、昨夜散々弄(もてあそ)ばれた体がびくっと跳ねた。

「い、いいからさっさと行けよ！　遅れるぞ」

「なるべく早く帰って来る。来週の土日は休みだからどっか行こう」

半ば玄関から押し出すようにして見送った後、朔は頭を抱えて座り込んだ。頬が熱い。照れ臭くて死にたくなるくらい、映月は朔に惜しみなく愛情表現してくる。嬉(うれ)しいが、いつも恥ずかしくて素直に受け入れられない。どうしても素っ気ない態度を取ってしまう。

「あーもう、慣れねえなあ……」

映月と付き合って二ヶ月。お互い社会人として忙しく生活しながらも、こうして過ごす穏やかな時間に幸せを感じてむず痒(がゆ)くなる。

とりあえず皿でも洗おうと思い立ちリビングに戻ったところで、机の上に置いてあった携帯の画面が光るのが見えた。

映月からのメッセージだ。『好きだ』と一言だけ。それを見た朔は、変な呻(うめ)き声をあげてまた座り込んでしまった。

缶コーヒーを飲んで一息つき、壁かけの時計を見た。もうすぐ十九時半。定時から二時間ほど過ぎ、すでに退勤した社員も多く、フロア内の人影はまばらだ。

「深山くん、まだやってくの？　急ぎがあれば手伝うよ」

帰り支度をしている課長に声をかけられる。

「いえ、大丈夫です。もうほとんど片づいたのでそろそろ帰ります」

「悪いね、田村さんが抜けて忙しくなっちゃって。もうすぐ人員を補充できるから楽になるといいんだけど。じゃ、お先に」

「はい、お疲れ様です」

朔の部署は比較的定時帰りが多いが、最近同じ部署の女性社員が一人産休に入ったことで業務負担が増え、残業が多くなった。近いうちに派遣社員で人員補充をするということだが、ベテランの田村と変わりない働きを期待することはできないだろう。新しい人員への教育も含め、今しばらくは残業の多い生活が続きそうだ。

だが、この程度で文句を言ってもいられない。映月の方がずっと働いている。業種もまったく違うので比べることではないとはわかっているが、やはり多少は意識せずにはいられない。

今日のところは雑務を片づけて上がろうと思い、勤怠システムを立ち上げた。月末にその月の勤務実績の提出が義務づけられており、労働時間や休暇の取得実績を登録する必要があるのだ。提出直前に慌ててまとめて登録することがないよう、こまめにやっておくことにしている。

画面に表示されたカレンダーを見ながら、ふと気づく。そういえばここ最近、休暇申請をしていない。

発情期のあるオメガにとって、その期間中仕事を休むことは必至だ。朔も発情の周期に合わせ、一ヶ月半から二ヶ月に一度、数日間の休暇を取得している。

しかし七月下旬を最後に、もう三ヶ月近く休暇を取っていない。ということは、発情期がそれだけの間来ていないということだ。

今まで発情期がずれたことはほとんどない。数日程度の差はあれど、二ヶ月以上空いたのは初めてだ。周期が長い方が仕事の調整も必要ないし、何より体調面ではありがたいのだが……あまりに来ないようであれば、かかりつけ医に相談した方がいいかもしれない。

外に出ると、ひんやりとした風に頬を撫でられた。ついこの間まで暑い暑いと文句を言っていた気がするのに、いつの間にかすっかり秋の空気になっている。暑さから解放されて清々する一方、妙に物寂しくなり夏の出来事を懐古するのは、毎年変わらない。

今年の夏は、決して忘れられない季節となった。あの花火の夜、映月と恋人同士になった日がまるで昨日のことのように思える。

信号待ちをしている間、なんとなく左手に視線を落とした。薬指にある、銀色の指輪。まさか自分がこんなものを着けるなど、一年前は想像すらしなかった。

結婚しているわけでもないのに日常的に着けるのはどうかとも思ったが、映月は当然のように着けているので朔も自然とするようになった。案の定同僚に気づかれて驚かれたが、「結婚を考えているパートナーがいる」とだけ伝えた。皆詮索したがるたちではないので、素直に納得してくれたのはありがたかった。

恥ずかしい気持ちはあれど、映月の存在がいつも感じられる気がしてなんとなく安心する。なんだかんだ、この関係に浮かれているのだ。

（……一応、初恋の相手だもんな）

そう認められるようになっただけ、随分大人になったものだと思う。高校生の時の、特に映月を激しくライバル視していた頃の自分だったら絶対に認めないだろう。

あの時の朔は、映月しか見ていなかった。滑稽なほど強烈に憧れていたのだ。入学式の日、初めて見た時から。

帰宅時間帯のピークは過ぎてはいるが、駅のホームはかなり混雑していた。

電車を待つ列の最後尾に並び、携帯でニュースサイトなどを見ながらふと思い立って、『発情期　遅れ』と検索した。大したことではないだろうが、少し気になる。遅れることで次の発情が重くなるなんてことがあったら嫌だなと思いながら、一番上に出てきた医療系のサイトを見た。

つらつらと書かれた、発情周期の乱れの原因となりうる事象を眺める。ストレス、睡眠不足、環境の変化……どれも当て嵌まっているような、そうでもないような。自分の意識していないところで体が反応している、ということもあるのかもしれない。

なんにせよ、多少早まったり遅れたりすることは特に珍しいわけではないようだ。常に安定しないようであれば、医者に相談するべきとの決まり文句もある。

スクロールしながら斜め読みしていたところで、『注意！』と赤い大文字で書かれた見出しが目に留まった。

『普段規則的に発情があるのに遅れている理由は、妊娠かもしれません。前回の発情期に性交渉があった場合、妊娠している可能性が非常に高いです。早めに病院へ行きましょう！』

妊娠。

思考も体もフリーズし、電車が来たというのにまったく気づかなかった。後ろからぶつかられて顔を上げたら、もうドアが閉まるところだった。

そうだ。なぜ妊娠の可能性がすっかり抜け落ちていたのだろう。真っ先に考えるべきことなのに。

（でも、でも……映月と付き合い始めてからまだ一回も発情来てないし——）

前回の発情期のことを思い返し、はっとした。映月と付き合う直前——打ち上げで居酒屋にいた時、突然ヒートが起こって映月に家まで送ってもらった。そしてその時、セックスした。

携帯を持つ手が小刻みに震えている。あの時、映月は避妊していた……が、コンドームによる避妊は百パーセントではない。避妊薬を飲んでいたわけでもない。

急いで避妊について調べてみても、やはり同じことが書かれている。発情期のセックスは非常に妊娠の確率が高い、避妊具を使用していても妊娠することはある、確実に避妊したいならオメガ側が避妊薬を飲むしかない……。

次の電車が来てドアが開いたが、朔はその場から動けなかった。後ろにいたサラリーマンが、動こうとしない朔の横を迷惑そうにすり抜けて電車に乗って行く。

確定したわけではないのに、考えるほど発情期が来ないのは妊娠しているからではないかと思えてくる。どのサイトを見ても、アルファとのセックスは非常に妊娠率が高いと書かれてあるのだ。もう、それしか考えられなかった。

呆然として体が動かない。ずっとパートナーがいない生活が当たり前だったからか、妊娠という現象は自分には無縁だと思い込んでいた。

(嘘だろ……でもそうとしか……)

携帯が震えた。取り出し、画面に出ている映月の名前を見てどきりとする。

「も、もしもし」

『今帰り途中か?』

「そうだけど……お前は？」

『まだ仕事。悪い、今週末も休日出勤になりそうだ。水族館行く約束してたのにごめん』

「いいよ。仕事、大変だな」

妊娠しているかもしれないことを伝えようか迷った。しかし、さすがに駅のホームで話すことではないと思い、適当に話を続ける。

「何か用あったんじゃないのか。急に電話なんて」

『いや、ちょっと休憩がてら外に出たから、声が聞きたかった』

「なんだそれ、暇かよ」

『だったらいいんだけどな。朔も最近忙しそうだし、体気をつけろよ』

「う、うん……あ、電車来たから、またな」

いささか素っ気ないとは思いつつ電話を切った。映月は相変わらず忙しそうだ。今週はゆっくり話す時間などないかもしれない。本当に妊娠していたら父親は映月なのだから、一番最初に相談しなければならないのはわかっているのだが……。

「……どうしよう」

予想もつかない展開に、重いため息を零(こぼ)すしかなかった。

仕事、体調、あらゆる面でマイナスの影響しかない発情期を待ち望む日が来るなど、思いもしなかった。

早く来てくれ、勘違いであってくれと願いながら眠りについたが、翌朝は体調になんの変化もなかった。発情期の直前は微熱が出たり体がだるかったりするが、まったくもっていつも通りだ。体調がいいのは喜ばしいことなのに、ずんと気分が沈む。

「病院、行った方がいいよな……」

昼休み、会社のトイレで深いため息をついた。洗面所の鏡に映る顔は苦々しく不安げだ。するべきことはわかっている。映月に事情を話して、さっさと病院に行く。けれど踏ん切りがつかなかった。答えがわかるのが怖い。

もし本当に妊娠していたら、と考える。体調によっては仕事も思うようにできないし、ただでさえ人手不足なのに迷惑をかけてしまう。

映月との関係も、確実に変わるだろう。映月と共に生きていくと決めた以上、いずれ子供のことを考える時期が来ることはわかっていた。だが、それはまだまだ先のことだと思っていた。まず一緒に住んで、その後に結婚や番契約を考えて……いくつものステージをゆっくり登って行くつもりだった。

（子供ができるってなったら、結婚の話も具体的になるよな。お互いの親に挨拶とか必要なのか？　眞琴とは何回も会ってるし別に反対とかしないと思うけど、映月の家族はどうなんだろう。あいつの家のこと、ほとんど知らない……）

不安を数え出せばきりがない。そろそろ昼休みも終わる。一つ深呼吸をして、携帯を取り出した。

映月に、今日家に行っていいかとメッセージを送る。とにかく映月と話そう。そうすれば病院へ行く勇気も出る気がする。

一人で悩んでもよい方向に行かないのは、これまでの経験で身に染みている。今するべきことを考えて、一つ一つこなしていくしかないのだ。

映月からはすぐ返信が来て、『もちろんいいけど遅くなる』とのことだった。なるべく早く帰ると言ってはいたが、夕飯を一緒に食べられるような時間には帰宅できないだろう。

一方朔は仕事が早く片づき定時で退社できたので、映月の家の最寄り駅で降りた後、スーパーで適当な食材を買って帰ることにした。映月が帰って来るまですることもないので、少し手間のかかる料理でもするつもりだ。手を動かしていた方が気も紛れる。

映月が住んでいるのは、都心から地下鉄で一本の駅から五分ほど歩いた先にある、中層賃貸マンションだ。朔の家からも行きやすく、二人で会うとなったらとりあえず映月の家、ということが多い。

間取りは2LDKで、一人で住むにはかなり広い。元々は別のワンルームに住んでいたが、朔と付き合い出した頃に引っ越した。朔がいつでも泊まりに来られるように、らしい。ちなみに引っ越す際に、ベッドをクイーンサイズのダブルに買い替えていた。わざわざ買わなくてもいいだろと言ったのだが、映月は絶対に譲らなかった。

映月が二人で暮らすことを視野に入れて引っ越したことはわかっている。合鍵ももらっているし、週末は大抵映月の家で過ごすのだから、今だって半分同棲しているようなものだ。

けれど朔は、なかなか今の家を引き払って映月のもとへ転がり込む決断ができなかった。一人の時間を大事にしたいタイプだからというのもある。でも、踏み切れない本当の理由は、それだけではない気がしていた。

買って来た食材を冷蔵庫にしまった時、インターホンが鳴った。

宅配便か何かかと思いモニターを確認したが、違った。映っているのはスーツ姿らしき眼鏡をかけた男だ。

誰だろうと思いながら通話ボタンを押して「はい」と応えると、粗い画面でもわかるほど、彼は怪訝そうな表情をした。

『ここは筧映月の家ではなかったですか?』

「あ、えっと、合ってます。映月はまだ帰ってなくて——」

『あなたは？』

不審の響きに満ちた、硬い声だ。恋人だとは言えず、一拍置いて「友人です」と答えた。

「あの、そちらは……」

『映月の兄です』

映月の兄だというその男は、筧悠星と名乗った。映月に用があるらしく、帰って来るまで中で待ちたいと言う。朔の家でもないのに追い返すことなどできず、気まずさはあるが了承するしかなかった。

リビングで悠星と向かい合わせに座りながら、いろいろとしくじった気がして背中に汗をかいてきた。ただの友人なのに合鍵を持っていることを、きっと不審に思われただろう。別の部屋に引っ込むのも失礼な気がしてリビングに留まったが、初対面の相手と二人きりは相当気まずい。

映月からは何も言われていないから、急な訪問なのだろう。『お兄さんが来てるぞ』と映月にメッセージを送ったが、なかなか既読にならない。

沈黙にいたたまれなくなって、口を開いた。

「映月の奴まだ仕事中みたいで連絡とれなくて……俺、邪魔だろうから今のうちに帰ります」

今日のうちに映月と話したかったが、仕方ない。立ち上がろうとすると、悠星は「お気になさらず」と無表情で言った。

「急に訪ねてきたのはこちらですから。用が済んだら、すぐに帰ります」

そう言われると無理に出て行くのも憚られる。渋々腰を下ろし、早く帰って来いと映月に念を送った。

悠星の胸ポケットに入っていた携帯が鳴動する。「失礼」と断って立ち上がり、廊下に出て行った。ドアの隙間から漏れ聞こえる内容からして、仕事の電話のようだ。

上等そうなグレーのスーツに身を包んだ悠星は、いかにも仕事のできるビジネスマンといった雰囲気だ。歳は三十代前半くらいだろうか。

あまり似ていない兄弟だな、というのが最初の感想だった。悠星は映月より小柄で、朔より少し目線が高いくらいだ。

顔立ちも、整ってはいるが映月のように目を惹く派手さはない。そっくりなのは、にこりともしない無愛想くらいか。もっとも、恋人になった映月は朔の前では優しく微笑んでいることが多いので、かつてのようにすかした奴というイメージはもうない。

映月の家族と会うのは初めてだ。映月は家族の話をまったくしないから、家族構成すらよく知らない。

（そういえば……歳の離れた兄貴がいるって言ってたっけ）

高校生の時、映月が少しだけ家庭のことを話していた記憶がある。両親の仲は冷え切っていて子供を放任しており、兄が保護者代わりをしてくれていると。その兄というのが悠星なのだろう。

勝手に面倒見のいい兄貴肌をイメージしていたが、どうやらそれは誤りだったらしい。朔と相対した時の態度や漏れ聞こえる電話の内容からして、厳格で冷淡な人物という予測は容易に立てられた。

詳しい内容はわからないけれど、部下らしき相手からの電話で、何かトラブルの状況を聞き出しているような様子だ。声を荒らげることなく淡々と、しかし冷徹に相手を詰めているのがわかる。

こういう上司だったら、チームのパフォーマンスは上がるけれど、プレッシャーに耐えられずに振り落とされる人間が必ず出てくるだろうな、と朔は思った。なおかつ、脱落者を顧みるタイプには見えない。

結局、二十分以上は電話が続いていただろうか。電話を終えて戻って来た悠星は、大きく息を吐いてまた朔の正面に座った。眉間を押さえて、かなり疲れているように見える。目の下にくっきり隈(くま)が浮いていて、顔色も随分悪いのが気になった。「具合悪そうだけど大丈夫ですか」と声をかけようとしたが、悠星の方が先に口を開いた。

「深山さん、でしたか」

「は、はい」

「映月とよっぽど仲がいいんですね。家族にも渡さない合鍵を持っているなんて」

探るような目つきだ。睨(にら)まれているといってもいい。もしかして自分たちの関係に感づいているのかと思い、はたと考えついた。

映月はアルファ一家の生まれだったはず。となれば、目の前にいる悠星もアルファだろう。発情期でなくとも、鼻のいいアルファならオメガ独特の匂いに気づくこともある。実際、かつての朔がそうだった。すれ違うほどの距離であれば、どこか甘い香りを漂わせているのがわかった。

もし朔がオメガだと気づかれているのなら、合鍵まで持っていてただの友人ですは無理がある。

黙っているのも変だ、何か言わなければ――口を開こうとしたら、ガチャリと鍵を回す音がした。

どすどすと足音を鳴らしてリビングの扉を勢いよく開けた映月は、息を切らしていた。

「遅かったな」

平坦(へいたん)な声で悠星が言う。映月は苦い顔で兄を睨みつけた。

「兄貴……来るなら連絡しろよ」

「夕方にメールを入れておいたはずだ」

「もっと早く言え。こっちだって都合がある」

仕事を終えてから携帯を見て、兄と朔からの連絡に驚き慌てて帰って来たらしい。いつになく焦った様子の映月に驚いた。そこまで気を遣う性格でもないのに、家族と朔が鉢合わせしたことにそんなに慌てたのだろうか。

「都合、ね」

眼鏡の奥の瞳がちらりと朔を見た。

「悪いけど今日は帰ってくれ」

いきなりそんなことを言い出し、ぎょっとした。映月らしからぬ、あまりに刺々(とげとげ)しく剣呑(けんのん)な雰囲気を纏った口調だった。

一方の悠星に不快そうな様子はなく、ただ冷たい目で弟と朔を交互に見ていた。

「映月、いいよ。俺が帰るから」

兄弟の間のどこか緊迫した空気の原因が、自分であることはなんとなくわかる。

「なぜ母さんからの連絡を無視しているんだ」

帰れと言われたのに構わず、悠星は淡々と続けた。

兄の言葉に、映月の目が鋭くなる。

「……あの話はずっと前に断ってる」

「母さんはそうは思ってないようだぞ。俺も、気の済むまで好きにさせてやれとは言ったんだが……悠長なことは言ってられないみたいだな」

鞄の中からおもむろに封筒を取り出して机に置いた。

「相手方の写真と身上書だそうだ。見合いしろ」

「断る」

悠星が言い終わるや否や、短く映月は告げた。

朔は急すぎる展開に頭が追いつかない。

(見合い……？)

今時親が子供に勧めたりするものなのか。いや、そういえば映月はいいところのお坊ちゃんなんだっけ、でも見合いって、それって……。

混乱している朔の目の前で、悠星は用は済んだとばかりに立ち上がり帰り支度を始める。

「再来週の日曜に約束を取りつけてある。場所は――」

「行かねえって言ってるだろ！」

隠せない映月の苛立ち(いらだ)がこだまして、部屋に重い沈黙が落ちた。

はあ、と今日何度目かわからないため息を悠星がつく。忌々しそうに眼鏡のブリッジを押し上げ、映月を見つめた。

「なぜ？」

「朔と付き合ってるからだ」

映月がぐっと朔の右腕を摑む。

やはり予想していたのか、悠星は驚いた素振りすら見せなかった。またもや大きなため息をついただけだ。

「おかしいとは思っていた。母さんはまだしも、ここ最近は俺にすら連絡してこなくなるし、家に行けばとっくに引っ越したというし……よっぽど彼とのことを知られたくなかったんだな」

映月は無言のままだ。

悠星の視線が朔に向く。凍てつくような目だ。

「オメガか」

「……なんだろうと関係ない。俺のパートナーは朔だけだ」

悠星の眉間に皺が寄る。朔を見て、何かを思い出すように目を細めた。直後、その顔に感情らしいものが現れるのを初めて見た。驚き、そしてはっきりとした侮蔑だった。

「……思い出した。聞き覚えのある名前だと思ったら……そうか、君は昔映月を誘惑したオメガだな。あろうことか、学校で」

氷の刃で心臓を貫かれるような心地がした。

がたんとテーブルにぶつかるのも厭わず、映月が悠星の胸倉に摑みかかる。

「いくら兄貴でも、朔を侮辱するのは許さない」

押し殺した、けれど獰猛さを隠し切れないぞっとする声色だった。物騒な気配を全身から放つ映月に、高校時代、朔を殴ったクラスメイトを映月が徹底的にぶちのめした一件がフラッシュバックする。

弟に掴みかかられた悠星はさすがに少しうろたえた様子だったが、すぐに平静を取り戻し、凶暴な光を帯びる映月の目を見返した。

「随分傾倒しているようだ」

映月の腕を振り解き、乱れた襟を整える。

「母さんには伝えておく。認められることはないだろうがな。無論、俺もだ」

悠星が立ち去り、玄関の扉が閉まる音がしても、二人ともしばらくその場に立ち尽くしていた。

「……悪い」

ぽつりと映月が言った。

「もう会わせないようにするから、気にするな」

何も答えられなかった。

……いくら世の中が第二性の平等、オメガが生きやすい社会を目指そうと謳ったとしても、オメガに対し嫌悪感を抱く人がまだまだいるのはわかっていた。映月が家族にオメガの恋人がいると伝えていないこと、もし知られたとして歓迎されないだろうということも、なんとなく想像していた。だが、あれほど明確な拒絶——敵意とすら言っていい感情をぶつけられるのは、初めてだった。

それが恋人の身内で、はっきりと自分たちの仲は認められないと言ったのだ。ショックだった。しかも、衝撃だったのはそれだけではない。

立ち尽くして何も言わない朔の顔を、映月が心配そうに覗き込む。

「朔、何か食ったか？　まだなら俺が作るよ。何か話すことあったんだろ。食べながら話そう」

「見合いって何？」

映月の顔がわずかに強張ったのがわかる。聞かれたくないことらしい。「別に」と言いながらキッチンへ向かった。

「親が勝手に言ってるだけだ。ずっと前に断ったのに、最近懲りずにまた勧めてきた」

「なんでそんな大事なこと、俺になんも言わないんだよ」

断ったのに見合いを勧めてくる。家族が受け入れてくれそうにない。それって、自分たちの将来に関わる重要なことじゃないのか。悠星の話だと、映月は恋人がいることも伝えず実家への連絡を急に断ったという。朔に何も話さず、なぜそんな逃げるような真似をするのか不可解だった。

朔の刺々しい口調に映月も苛立ったのか、眉を寄せて低く言った。

「言う必要ないだろ。見合いなんか受ける気がないんだから、お前には関係ない」

「それで、無視してたのかよ？　お兄さん、お前に付き合ってる相手がいること知らなかっただろ」

「……言っても無駄だからだ」

吐き捨てるような言い方に、無性に腹が立った。

どうせ認められないからといって、無視するのか。一生家族と朔を会わせるつもりなどなかったというのか。

とっくに成人した大人同士なのだから、親のことなど気にせず付き合えばいいという考えはわかるが——今の映月は、都合の悪いことから逃げているようにしか見えなかった。

「……帰る」

「おい、朔」

「触んな」

引き止める腕を振り払い、逃げるように部屋を飛び出した。

マンションの外までは映月は追って来なかった。駅へ向かう途中、一度だけ電話が鳴ったが無視した。

信号が赤になり立ち止まった途端、涙が出て来そうになった。なぜこんなに傷ついた気持ちになっているのだろう。

もう思い出すこともなくなっていた高校生の時の苦い記憶を掘り起こされたから？　オメガだというだけで軽蔑の目を向けられたから？　悠星に自分たちのことを認められないとはっきり言われたから？　映月に見合い話があると知ったから？　映月が朔に何も伝えず実家から逃げようとしていたから？

（喧嘩っぽい感じになったの、初めてだな……）

高校生の時は朔が一方的に突っかかることはよくあったけれど、映月が苛立ったり声を荒らげることはなかった。付き合ってからは言い争いなどほとんどなく、凪のように穏やかな日々が続いていた。

（こういうのがきっかけになって別れ話になるのかな）

思考がどんどんネガティブの沼に落ちて行くのを止められなかった。そろそろ駅が近くなり人が増えてくるというのに、ついにぽろりと涙が溢れ出す。

帰らずに話し合えばすぐ解決できたかもしれないという後悔、映月のスタンスが許せないという怒りが交互にやって来る。こんなに気持ちが不安定なのは、もしかして妊娠が関係していたりするのだろうか。

結局一番大事なことは話せなかった。あの雰囲気で、このぐちゃぐちゃな気持ちで言えるはずもなかったが。

伝えていたら、映月はどう思っただろうか。仕事が楽しい時期なのに、子供なんて面倒だと思いはしないだろうか。

映月に限ってそんなことあるはずもないのに――嫌な想像ばかりが膨らんだ。

デスクの端に裏返して置いた携帯をそっと持ち上げ、何の通知も来ていないことに落胆し、すぐにまた画面を下にして置いた。

映月と最後に会ってから二日が経つが、連絡はいまだにない。なんのやりとりもなく一日空くことなんて初めてだった。

勤務中も携帯が気になって仕方ない。さっさと自分から連絡してしまえば済むのに、くだらない意地が顔を出してメッセージアプリを開くことができない。

昼休みには少し早いが、外の空気を吸いたくて席を立った。何か気を紛らわせないと頭がおかしくなりそうだ。

エレベーターを降り、エントランスを抜ける。空を見上げたら、朝は薄い雲がかかる程度だったのにどんよりと濃い灰色に埋め尽くされていた。今にも雨が降って来そうだが、今日は傘を持っていない。そういえば週末、映月の家に泊まった時に置いてきたなと思い出し、ため息をつく。

「深山さん」

背後から声をかけられ、振り向く。声をかけてきた相手の姿を認め、息を呑んだ。

エントランスを出てすぐ、壁際に佇んでこちらを見ていたのは悠星だった。紺色のスーツを着こなしたその姿は、嫌味なほど洗練されている。

偶然ではあるまい。明らかに朔を待っていたらしい悠星は、すたすたと近づいて来て正面に立ち、あの酷薄な目で朔を見下ろした。

「失礼ですが、勤務先を調べさせていただきました。少々お時間をいただきたいのですが」

「……なんの用ですか」

「ここでは人目があるので場所を移しましょう。これから昼食ですよね。よかったら、ご馳走しますよ」

こんなに気の乗らない誘いがあるだろうか。有無を言わせぬ響きを含んだ声に、無理に断るのも面倒になって、朔はため息をついた。


いきなりタクシーに乗せられた時は、まさかどこかへ連れて行って監禁でもするんじゃないだろうなと本気で思ったが、幸いそれは杞憂に終わった。

オフィス街を五分ほど走ってからタクシーが止まったのは、隣駅の真正面に聳え立つ高級ホテルの前だった。今までの人生で一歩たりとも足を踏み入れたことのないような場所に気後れしたが、平然と入って行く悠星に置いて行かれないように足を早めた。豪奢なロビーの内装に気をとられる間もなく悠星の後を追い、エレベーターに乗り込む。

ようやく着いた目的地は、高層階のレストランだった。悠星が入り口に姿を現すと、奥から責任者らしき壮年の男性が飛んで来て何やら慇懃に挨拶をしている。

悠星はここの常連なのだろうか。あるいは、仕事で何か関係があるとか？　自分より遥かに年上の相手にぺこぺこされても、悠星は慣れ切っているのか顔色一つ変えない。

店内は多くの客で賑わっていたが、小綺麗な格好をした女性のグループや年配の夫婦がほとんどで、朔のようないかにも昼休みのサラリーマンは見当たらなかった。あまりに場違いで居心地が悪い。が、案内されたのは奥にある個室で、悪目立ちする心配はなさそうだ。悠星と二人きりなのは息が詰まるが。

椅子に座るなり、悠星はメニューを見ず、朔にも何も聞かず、案内したウェイターに「彼にCコースを。私はコーヒーで」と言った。入り口にあったランチメニューをちらっと見た記憶によれば、Cコースは一万円以上したはずだ。

「結構です」

「遠慮なさらず。支払いは私が持ちますし、私は普段昼食を食べないので」

「食欲がないんです」

奢られるのも癪だし、悠星の前で高級ランチコースをもりもり食べる気力が湧くとも思えなかった。

「そうですか。では何か飲み物を」

すかさずウェイターがドリンクメニューを渡してくる。適当にコーヒーで、と言おうとしたところではっとした。

妊娠中のカフェインの摂取はよくないのではなかったか。大昔、まさか自分が妊娠の当事者になるなど思ってもいなかった頃、保健体育の授業で聞き流した覚えがある。カフェインレスコーヒーがあるかなんてわざわざ聞いて悠星に不審がられるのは避けたいが、どれにカフェインが入っていてどれに入っていないかなんてよくわからない。しばし逡巡した末、確実に大丈夫であろうオレンジジュースを頼んだ。幸い、悠星は朔が何を飲むかなどに興味はないようで、子供っぽいチョイスに何も反応しなかった。

間もなく飲み物が運ばれて来て、ウェイターが恭しく頭を下げて退室して行く。人の気配がなくなるなり、悠星がテーブルの上に茶封筒を置いた。やたらと厚みがある、これは――。

「映月と別れてください」

コーヒーカップに口をつけ、なんでもない世間話のように悠星は言った。

「百万円入っています。足りないなら上乗せしましょう。ああそれと――他のアルファをご紹介することもできますよ。女でも男でも」

腹の底から湧いて来るのは、怒りだろうか。どこまで馬鹿にすれば気が済むのだろう。

「……金はいらない。別れもしない」

滲み出る感情を抑え切れず、声が震えた。

悠星は眼鏡を外し、半分ほど飲み終わったコーヒーに目を落とす。まったく似ていないと思っていたのに、俯き加減の顔が少し映月と重なった。

「私は弟の人生に汚点を作りたくないんです」

どこか疲れが混じった声だった。聞き分けのない子供を諭す母親のような。

「このホテルの名前、ご存知ですか？」

いきなりなんの脈絡もない話題を振られ、困惑する。悠星の意図をはかりかねたが、答えは考えるまでもなかった。

このホテル・アストラは国内で五指に入る有名ラグジュアリーホテルだ。近年は海外にも展開しており、アジアの有名リゾート地を中心に人気を集めている。テレビでもよく特集が組まれているので、名前を知らないという方が珍しい。

「知ってますけど、それが何か」

「運営会社のアストラリゾートの代表取締役はうちの父なんです。私も下っ端ですが役員でね。まあ同族経営ということです」

ぽかんと口が開いてしまった。悠星の父……ということは当然ながら映月の父でもある。

映月からはそんな話、まったく聞いたことがなかった。しかし思えば高校時代、映月の父親は有名な会社の社長らしいと噂されていた気がする。超有名ホテルブランド経営者の息子とは思いもしなかったが。

レストランの責任者らしい人物が悠星にぺこぺこしていたのも納得がいく。

「私たちの祖父――グループの会長ですが、彼は映月をとても気に入っていて、会社を継がせたがっているんです。あいつはアルファだし、頭がいい。人を惹きつけるカリスマ性もある。父も私も、映月が跡を継ぐのは当然だと思っている。今はうちとは直接関係のない業界にいるが、外で学べることもあるでしょう」

「…………」

「自分で言うのもなんですが、うちはかなり大きい会社です。グループ傘下でホテル事業以外にも手広くやっているし、当然世間の注目度も高い。そういう組織のトップに立つ男の隣にいるのは、経歴も容姿も非の打ちどころがない女性であるべきです。できればアルファのね」

悠星の声はあくまで丁寧かつ穏やかで、優秀な教師のように聞きやすい。

「身を引いてくれますね」

普段なら怒って言い返していた。徹底的に戦う姿勢をとれただろう。けれどいくつもの心配事と睡眠不足が重なった今は、ぼやけた頭に悠星の言葉ががんがん響くだけだ。

悠星は、話は済んだとばかりにウェイターを呼んで会計しようとしている。

俯いたまま、なんとか声を絞り出した。

「……映月のパートナーは、映月自身が決めることだ。誰かが口出ししていい問題じゃない。それに……あいつは今やりたい仕事を頑張ってる。映月の将来を決め打ちで話すのはおかしい」

精一杯、抵抗の意を示したつもりだった。けれど氷の壁のような男はびくともしない。整った顔に苛立ちも同情も一切浮かべないまま、わずかに残ったコーヒーを飲み干し、音も立てずカップをソーサーに戻した。

「映月が会社を継がなくても、筧家の一員だという事実は変わらないんですよ。父親はアストラグループの代表、母親はもう引退しましたが、昔はそれなりに有名な女優でした。近い親戚に代議士などもいます。評判やら世間体やら、普通の家より気を遣うべきものがたくさんあるんです。オメガの男に傾倒しているなど、いいゴシップのネタだ」

個室のドアをノックして入って来たウェイターにカードを渡し、朔の方を見もせずに悠星は続けた。

「中でも、高校時代に映月とトラブルのあったあなたは最悪です。マスコミの連中は、信じられないような小さい穴を目敏く見つけて掘り返し、人の後ろ暗い過去を脚色して世間に晒しますからね。映月が同級生の男を押し倒して暴行していたとでも書かれたらたまったものではない。無神経にフェロモンを撒き散らすオメガに誘惑されただけだというのに」

オメガと口にする時、悠星はひどく忌々しそうな目をする。鉄仮面のように感情を見せない男の顔に、憎しみじみた何かが宿る。これほどのオメガに対する嫌悪感は、一体どこから来るのだろう。

立ち上がった悠星は、テーブルの上の茶封筒をぐいと朔の方に押した。

「これは置いていきます。タクシーを呼ばせてありますから、ロビーで従業員に声をかけてください。それでは失礼します」

時計を見ると、ほとんど十三時に近かった。早く戻らなければならないが……気分が悪い。

手をつけていなかった、融けた氷が浮かぶオレンジジュースを一気に飲み干した。口一杯に酸味が広がって余計気持ち悪くなり、テーブルの端にぽつんと忘れ去られていたグラスの水にも手を伸ばす。頭がふらふらして、胸焼けがする。心なしか腹が痛いような気もする。

（まさか……つわりとかじゃないよな）

勘弁してくれと思いながら腹をさすった。ほんの数日前まで何もかも順調だったのに、今は地の底にいる気分だ。

突然、ズボンのポケットに入れていた携帯が震えるのを感じて、突っ伏していた頭をがばっと上げた。

きっと映月だ。映月に違いないと胸が期待に満ちた。とにかく話したい。文句も言ってやりたい。それ以上にただ言葉を交わして抱きしめて欲しい。

しかし、画面に出ていた名前は連絡を待ち侘びていた恋人ではなかった。

涼しい季節だというのに、オフィス街の大通りから少し逸れた路地にある居酒屋の店内は、熱気に満ちていた。入った瞬間げんなりしそうになったが、奥のテーブル席で手を振る堀川の姿を見つけて、久々に自分の味方を見つけたような安堵感が胸に広がった。

「おっすー！　店すぐわかった？」

「ああ、前に会社の飲み会で使ったことあるから」

なるほどーと笑う堀川はすでに酒が入っているようで、テーブルの上に置かれたビールジョッキはもうほとんど空になっている。

今日の昼、堀川から突然電話が来て、仕事で朔の勤務先の近くに行くから夜飲まないかと誘われた。体調があまりよくないし、妊娠疑惑のある今は酒も飲めないので断ろうかとも思ったが、誰かと話したい気持ちを抑えられず承諾した。

「何飲む？　ビールでいい？」

「あー……烏龍茶でいいや。明日も仕事だし」

堀川は従業員を呼び止め、朔の烏龍茶とビールのお代わり、適当なつまみを注文した。

堀川は白いＴシャツの上に薄手のネイビーのジャケットという出立ちで、スーツ姿ばかりの居酒屋の中では大学生のように若く見える。髪の色も明るく、かなりくだけた印象だが、本人曰くこれでも自分比では相当フォーマルな装いなのだという。

「今日この辺で客と打ち合わせがあって、久々に外出たんだよね。基本在宅だからいつもジャージだぜ。パジャマのまんま仕事することもあるし」

前に会った時、フリーのＷｅｂデザイナーをしていると聞いた。在宅だと娘の面倒を見るのにも都合がいいらしい。今日はパートナーに任せて出て来たらしく、互いに仕事の融通を利かせて、協力し合って子育てしているようだ。

運ばれてきた烏龍茶のグラスを手に取り乾杯しようとしたが、堀川はじっと朔を見つめたまま動かない。

「なんか顔色悪くね？　大丈夫かよ」

目に見えてわかるほどなのか。やっぱり相当疲労が溜まっているらしい。

「まあ、いろいろとな……」

「え、なになに？　まさか筧と喧嘩でもした？」

妙に鋭い。

「そんな感じだけどそれだけじゃないっていうか……」

話すことがありすぎて何から話したらいいかわからないが——まず『先輩』の堀川に聞くべき話題がある。

手招きして顔を寄せ、低い声でぼそりと伝えた。

「……妊娠したかもしれない」

「え、まじかよ！」

急にのけぞって声をあげたので、周囲の視線が集まった。堀川は罰が悪そうに肩をすくめ、声を潜めてたずねる。

「まだ確定じゃねえの？　病院は？」

「行ってないけど、ヒートが全然来ないんだ。前は遅れることなんてなかったのに」

「ヒート中にした？」

他人とこういう話題を話すのは初めてで羞恥心があるが、相手は気心の知れた堀川だ。こくんと頷いた。

「一回だけ。避妊はしてたけど……」

堀川は腕組みをして唸った。

「つけてても万が一はあるからなー。避妊薬とか飲んでたわけじゃないんだろ？」

「うん……」

「早いとこ病院で診てもらった方がいいよ。かかりつけあるだろ、オメガ専門外来ならすぐ検査してくれるから。市販の検査薬は使った?」

首を振った。自分で簡易的に調べられるものがあることは知っていたが、薬局に買いに行くのを躊躇ってしまって結局買えていない。

「検査薬より先に病院行った方が早いぞ。あれって男オメガだとうまく測れない時があるんだ。俺、美羽妊娠した時使ったけど、陰性だったもん」

「え、そうなのか」

「なのに全然ヒート来ないから変だと思って、病院行ったら妊娠してるって言われてびっくりだよ。結構週数経ってたんだよなあ、その時。男オメガの場合、腹が目立ちにくいから長いこと気づかない人も割といるんだって」

余計に自分の妊娠が確定しているような気がしてきて——正直ぞっとした。映月には言っていないのかと問われ頷くと、堀川は歯を見せて笑った。

「筧の奴、どんな顔するかな。無表情のますますげえ喜びそう。楽しみだな!」

そう言われるまで気づかなかった。

妊娠するということは、普通はおめでたいことなのだ。自分の身がどうなるか不安に思うばかりで、肝心の子供のことなどまるで考えていなかった。あまりに自分勝手で利己的な考えに、嫌悪感を催す。

「……子供できてたとしても、幸せにできる自信ない。今の今まで自分の心配しかしてなかったし、こんなんで親なんかできねえよ」

一度弱音を吐いたら、止まらなくなった。

「それに、映月との付き合いがどうなるかわからないんだ。あいつの兄貴に、俺とのこと知られて……映月と別れろって言われた。オメガの男と付き合ってると外聞が悪いからって」

堀川はぐっと眉を寄せた。彼らしくない、怒りの滲んだ顔だ。

「いまだにそういう考えの連中、いるんだよなあ。筧の実家ってアルファばっかかみたいだし、アルファ史上主義っていうかオメガへの偏見はすごそうだけど。てかあいつ、お前と付き合ってること実家には言ってなかったのか？」

力なく頷いた。

「しかも、実家から見合いしろってせっつかれてたことも俺に黙ってた。実家に俺のこと紹介したりとか、そういうのも全然する気なさそうで……実家のことは俺には関係ないとか言って」

「実家と近づけて朔に嫌な思いさせたくなかったんだろうなー。まあ結果的に全然回避できてねえから、あいつもまだまだ詰めが甘いよな」

きっと堀川の言う通りだ。オメガに嫌悪感を抱いている実家に近づけたくなかったのだと、冷静に考えればわかる。映月なりに朔を気遣ってのことだと。

けれど、反対されるのがわかっていて関係を結びながら、親や兄を説得するでもなく無視していただけという事実は、パートナーとして軽んじられているような気がした。映月がこれ以上なく朔を大切にしているということは日々実感しているけれど、そこだけは蔑ろにして欲しくなかった。

……どこか、まだオメガとしての自分に自信がないのだ。だからこそ映月の家族に認めて欲しかった。堂々と一緒にいていいのだという証が欲しい。

その一件で映月と言い争って以来連絡をとっていないと打ち明けると、堀川は笑った。

「意地張ってないでさっさと会いに行けよ。あいつ朔にベタ惚れなんだから、すぐ仲直りできるって。妊娠のことも早く言った方がいいぜ」

「でも……俺が妊娠のこと受け入れられてないのに、映月に受け入れてもらえるのかな」

「そりゃ、いきなり子供できたら誰だって戸惑うって。正直、俺だって最初は嬉しいなんて全然思えなかったよ。今じゃ美羽のいない生活なんか考えらんないけど、当時は学生だったしさあ……金とか学校とかこれからどうすんだって、相手にもめちゃくちゃ八つ当たりした」

意外だった。美羽への溺愛ぶりを目の当たりにしたことがあるからか、堀川でもそんな考えに陥っていたことがあるのかと驚いた。

「ストレスも不安もごく自然なことなんだから、そういうもんだと思っとけよ。ま、お前には筧がついてるんだから絶対うまいことやってけるって。あいつ、高校時代から十年くらいずーっと朔に惚れてるんだぜ？　これ以上なく信頼できるだろ」

他人に言われると気恥ずかしい。が、今さら堀川相手に取り繕う必要もないので、赤い顔で「そうだな」と素直に認めた。

その後もお互いの仕事の話や愚痴などで盛り上がり、堀川と別れたのは終電に近い時刻だった。

改札で堀川と別れた後、いつもの路線のホームへ向かいかけて立ち止まった。

映月に会いに行こう。終電を逃してもタクシーで帰ればいい。堀川の言う通り、意地を張っていつまでもうだうだしている場合ではない。

これから行くと一言入れようと思い携帯を取り出したら、三十分ほど前に着信とメッセージが一件ずつ入っていた。映月からで——朔の家まで来ているという連絡だった。

最寄り駅から自宅までは歩いて十分と少しだが、時間が惜しくてタクシーを拾って帰った。他の階で停(と)まっているエレベーターを待っていられず、三階まで階段で一気に駆け上がる。息せき切って外廊下を走ったら、朔の部屋の前に佇む長身の影があった。

「おかえり」

たった数日なのに、もう随分久しぶりにその姿を見た気がする。たまらない気持ちになって、走る勢いのまま抱きついた。大きい体はよろめくことなくしっかりと朔を抱き留めてくれた。

「こないだは言いすぎてごめん、連絡もしないでごめん！」

映月と会ったら何をどう切り出そうかと迷っていたが、一番初めに謝った。意地を張るな、という堀川の言葉のお陰だ。映月は「俺の方こそ」と言って朔の頭を撫でた。

「朔が怒るのは当然だ。家のこと、最初に説明しておくべきだった。いきなり嫌な思いをさせることになって本当にごめん」

目の前の体の温かさとほのかな甘い匂いに、心から安堵する。自分の居場所はここだと全身が叫んでいる。

階段の方から足音がして、夢のような心地から醒めた。共用部で抱き合っているところを隣人に見られたら気まずい。思い出したように鍵を出して部屋に入った。朔の家は狭いし映月の家で会うことがほとんどなので、映月に合鍵は渡していないのだ。

玄関に入るなり強く抱きしめられた。朔の肩に顔を埋め、大きく息を吐いている。

「……よかった」

心から安堵したような声だった。

「朔はもう俺の顔なんか見たくないんじゃないかと思ったら怖くて、なかなか連絡できなかった」

「そんな……」

大袈裟な、と言いかけて止まった。高校時代、映月にそう言って遠ざけたのだ。朔の怒った顔があの時と重なって、傷ついた記憶が蘇ったのだろう。

「そんなこと、思ってないよ。もう今は映月と離れるなんて考えられない」

不安そうな恋人の顔にキスをした。

「俺も不安定になってつい怒っちゃったんだ。……俺さ……」

声が震えそうになる。映月がどんな反応をするか怖い。けれど、伝えなければならない。

「妊娠したかもしれない」

言った瞬間、思わず目を閉じていた。映月の表情の変化を見るのが恐ろしかったのだ。もし、顔を顰められでもしたら、と思うと……。

「…………え？」

たっぷり十数秒後、やっと出て来たのは呆けた声だった。

恐る恐る映月の表情を窺う。映月は口を半開きにして、ただ目をぱちくりさせていた。なんとも間抜けな顔に、ゆるゆると緊張が解けた。

「発情期が来てないんだ。あれ以来……付き合う前にさ、お前としただろ。ここで」

「…………」

「こんなに発情期が来ないなんて今までなかったんだ。避妊は絶対じゃないし、思い当たるのもあの時くらいだし」

「………」

「だからもしかしたらお前との子供が——おい、聞いてるか？」

静止していた映月が、再生ボタンを押したようにはっと動いた。

「悪い……あんまりにもその、驚きすぎて」

「まあ、そうだよな……」

つぶやいた朔が不安げに見えたのか、映月は慌てた様子で朔の肩を摑んできた。

「驚いてはいるけど、嬉しい。体大変だろうけどサポートする。朔のパートナーとして、父親としてもこれまで以上にいろいろ頑張るから。あ、籍も入れた方がいいよな。すぐにでも婚姻届もらってきて……いや、それより前に眞琴さんに挨拶しに行った方がいいか」

「ま、まだ確定じゃないから気が早いって……」

映月の目があまりにも真っ直ぐで、朔の方がたじろぎそうになった。思った以上にすんなりと受け入れてくれたことが嬉しくて、鼻の奥がつんとした。

「病院行かないといけないんだけどさ、なんだか踏ん切りつかなくて」

「すぐ行こう。今日——はもう遅いか、明日の朝にでも予約取ろう。俺も一緒に行く」

「え、いいよ。仕事忙しいだろ」

「いや、行く」

映月の意志は固いらしい。何事にも興味がなさそうな映月が、こんなに頑(かたく)ななのは珍しい。

「わかったよ。……なんだか、付き合ってすぐなのにこんなことになるなんて想像もしてなかったな。順番いろいろすっ飛ばしてるし」

「順番とか時間とか、気にする必要ない。ずっと一緒にいることには変わりないんだ」

大きな手で頬を包まれ、額に口づけされる。長い間朔を外で待っていた手はひんやりと冷たい。

「……お前の家族にも認めて欲しいって思うのは、わがままかな」

ぽつりと言った。映月は少し息を呑んで、朔を見つめる。悪戯(いたずら)っぽい笑みを浮かべ、文句を言った。

「お前さ、アストラリゾートの御曹司だったんだな。事前に言っといてくれよ、いきなりびっくりしただろ」

驚いたように映月が目を見開く。

「どこで知ったんだ」

「今日、お前の兄さんに会って聞いた」

「なんで兄貴が」

「映月と別れてくれって言いに来た」

「……なんだ、それ」

驚きと怒りで困惑する映月から身を離し、鞄から茶封筒を取り出した。悠星から渡された金だ。いらないとは言ったものの、あのままレストランに置いて行くのはさすがにできなくて、映月から返してもらおうとひとまず持ってきたのだ。金を渡されたことを伝えると、映月の顔がみるみるうちに怒りに染まった。

「……兄貴を少しでも信頼してた俺が馬鹿だった」

吐き捨てられた言葉は低く、ぞっとするほど冷たい。このまま実家と縁を切るなどと言い出しかねない勢いだ。それは自分の望むところではないのだとはっきり伝えておかなければ。

「なあ、二人でお前の実家に行けないか？　親御さんにも直接挨拶して、俺たちのことを認めてくれるように話した方がいいと思うんだ」

映月は眉を寄せる。そんな必要はないと断りたがっているように見えたが、朔の気持ちを尊重してか、考えるような沈黙の末、口を開いた。

「……俺の実家は、馬鹿馬鹿しいけどアルファ至上主義みたいなとこがあって、考え方が古いんだ。すでに兄貴で不快な思いをしただろうけど、親の方がひどいと思う。絶対に朔のストレスになる。だから正直、会わせたくない」

恥ずかしい話だけど、とため息をつく。

普段オメガへの支援策が充実している会社に身を置いていて、同僚のほか眞琴や堀川といった近しい人間にオメガが多いのもあり、今は自分の第二性への偏見を感じることはあまりない。だが、オメガへの差別がなくなったわけではないのだ。

映月の家族からしてみれば、朔は大切な息子を誘惑する汚らわしい存在でしかない。そういう考えが当たり前の環境で、よく映月は染まらなかったものだと思う。

映月の考えはわかった。しかしそれでも、背を向けてばかりいるのは嫌だ。それが率直な今の気持ちだった。

「それでも、俺は会ってみたい。お前が俺のこと気遣ってくれてるのはわかる。でも、どうせ認めてもらえないからとかストレスになるからとか、最初から諦めるのはなんか嫌だ。俺は後ろめたいことなんて何もない、映月のパートナーだって堂々としていたい。実際会ってみて、それでも受け入れてもらえなかったらその時はその時だ」

「……そっか。やっぱりすごいな、朔は」

映月の表情が和らぎ、口元に微かな笑みが宿る。

「俺は逃げてただけだ。実家のことは見ないふりして、なんとかなると思ってた。お前の気持ちを考えずに勝手なことして悪かった」

朔は首を振った。映月が朔を守ろうとしていたことは、よくわかる。

映月は目を伏せ、しんみりと続けた。

「正直……兄貴だけは、ひょっとしたら認めてくれるんじゃないかって、少し期待してたんだ。落ち着いたら、兄貴には朔を紹介してもいいかな、なんて考えてた。なのに、朔に圧力かけるような真似までするなんて……」

「そっか、兄さんとは仲よかったんだっけ」

映月は頷いた。

「父親は仕事ばっかりで、母親は旅行や愛人にしか興味のない人だったから、面倒見てくれたのが兄貴しかいなかったんだ。親の会社に入らず普通に就職するって言った時も、親やじいさんにはめちゃくちゃ反対されたけど、兄貴は庇ってくれた」

間を置いて、少し躊躇するように映月は続けた。

「兄貴はベータなんだ」

「えっ」

見栄えがよく頭の切れる悠星はなんの違和感もなくアルファだと思っていた。

アルファ至上主義の家系に生まれ、両親も弟もアルファなのに自分だけが違う。そんな環境で育った悠星が親類からどのような目で見られどんな思いをしてきたのか、想像に難くなかった。

「長男なのにアルファじゃないとかで、ひどいことをいろいろ言われてきた。それでも腐らず努力してたし、俺の面倒まで見てくれた。家族らしいことはしないくせに期待だけかける親からの防波堤になってくれてた」

そんな兄から自分の選んだパートナーが否定され軽蔑すらされたことは、よほどショックだったのだろう。映月が実家へ朔を連れて行くことに消極的なことにも納得がいく。

「俺から親と兄貴に連絡しておく。今度パートナーを連れて挨拶しに行くって」

「うん……ありがとう」

「一個だけ、大事なこと忘れるなよ」

映月はじっと朔の目を覗き込んだ。

「何を言われたとしても、俺のパートナーは朔だけだから」

あまりに大真面目に言うものだからなんだかおかしくて――愛おしくて、朔は思わず噴き出してしまった。

「わかってるよ。俺のわがままに付き合ってくれてありがとな」

決着はついていないが、映月と向かう先を合わせられたことにほっとする。腹を割って話すことができてよかった。アドバイスをくれた堀川に、後でお礼を言っておかなければならない。

そのまましばらくの間肩を寄せて甘い時間を過ごしたが、時計が一時を回る頃、映月は名残惜しそうに床に放っていた鞄に手を伸ばした。

「そろそろ帰る。もう遅いからすぐ寝ろよ」

明日も平日だ。しかも朔の部屋は狭くベッドはシングルで、ソファも客用布団もない。離れがたくても、泊まっていけよとは言い辛かった。

「でももう電車ないだろ？」

玄関で靴を履く映月のスーツの裾を、往生際悪く摑みそうになる。言葉に滲んだ名残惜しさを映月が悟ったかはわからないが、「駅まで行ってタクシー拾う」とあっさりした答えが返って来ただけだった。

帰り支度を整えた映月はもう一度朔を抱きしめ、頭を優しく撫でた。

「一緒にいたいけど、今朔と同じ空間にいたら我慢できないから」

我慢って何がと聞きかけて、ぎりぎり口を開く前にその意味に気づいた。じわっと頰が熱くなる。

「別に……我慢しなくてもいいんじゃね」

「だめだ。もし妊娠してたらまだ初期だろ。何か影響があるかもしれない」

そういうものなのだろうか。妊娠に関するろくな知識もないので、それ以上食い下がれない。病院に行ったら医師に聞いてみた方がよさそうだ。

駅まで見送ろうとしたが帰り道一人になるのは危ないと過保護なことを言われ、叶わなかった。

映月が出て行った後、静かな空間に一人取り残され、閉じたばかりの扉を見つめてしまう。

(俺が帰る時、映月はいつもこんな気持ちだったのかな)

恋人を見送るのは、見送られるより何倍も寂しい気がした。

一秒でも長くいたい。朝起きたらすぐ傍に映月がいて、おはようと言ってもらえる。家に帰ったらおかえりと言われ、映月の帰りを待つ日はただいまと言われる。それが当たり前になればいい。

実家への挨拶が済んだら、この部屋を引き払って映月と一緒に住もう。結局認めてもらえなかったとしても、これからは二人で生活を送るのだ。もしかしたら、じきに三人になるかもしれない。

そう思ったら、胸の奥に温かいものが広がった。家族が増えることが楽しみだと、確かにそう思えた。

映月は早速母親に連絡をとり、今週の日曜日に実家に挨拶へ行くことに決まった。思っていたよりずっと早かったが、どうせその日が来るまで緊張し通しなのだから早い方がいいと自分に言い聞かせることにした。

かかりつけの病院の予約が取れたのは、映月の実家へ行く日の翌日だった。挨拶の日には妊娠しているかの診断はまだ下りないため、特に伝えないつもりでいる。

最大のミッションはまだ残っているにしても、ここ数日体調が悪くなるほど鬱々としていたのが嘘のようにすっきりした気分だった。

仕事にもしっかり集中でき、仕事量は相変わらず多いものの今日やるべき業務は定時前に片づけることができた。

早めに帰って久しぶりに自炊でもしようと考えながら退勤する。

しかし、晴れやかな気持ちが続いたのは、オフィスビルのエントランスを出るところまでだった。

朔が自動ドアを出るのを待ち侘びていたかのように、歩道脇に停めてあった黒いセダンのドアが開く。見覚えのあるすらりとしたスーツ姿の男を降ろした後、車は滑るように走り去って行った。

雑踏を縫ってすたすたと歩いて来る悠星の目つきは、これまでにないくらい険しい。

「こちらの要求を呑んでいただいたはずでは？」

挨拶もなしにそう切り出してきた。

朔を見下ろす目つきが一層鋭く感じるのは、この前よりも濃くなったように見える隈のせいだろうか。

「また待ち伏せですか。よっぽどお仕事が暇なんですね」

今度は、悠星の目をしっかりと見返すことができた。嫌味を返す余裕まであり、いつもの自分が戻って来たことを実感する。以前彼と対峙した時より、不安と迷いが遥かに小さくなっている。

「暇などありませんが、あなたがそうせざるを得ない状況を作っているんですよ」

苛立たしげに反論してきたのが意外だった。この冷徹な男のことだ、眉一つ動かさずに受け流すと思っていた。

「映月があなたを連れて実家に来るなどと言い出した。あなたは金を受け取って、別れることに了承したはずだ。これはどういうことです？」

「金は映月を通して返しました。挨拶の件は、俺たち二人で話し合って決めたことです。映月と別れるつもりはありません。俺が映月のパートナーとして生きていくことを認めてもらうために、直接会って筋を通すつもりです」

揺るぎない口調で言い返した朔に、悠星は驚きを隠せない様子で目をわずかに見開いた。絶対に引かないという強い決意を感じ取ったらしい。

忌々しげに舌打ちし、低く言った。

「……言っておくが、母は映月の戯言を受け入れたわけではない。映月が顔を見せに来ないから、直接会って見合いを進める手段として、仕方なく君と一緒に来るのを認めただけだ。君が弟のパートナーとして受け入れられるなどと、思い上がるのはやめてくれないか」

落ち着け、と自分に言い聞かせる。侮辱に怒りを爆発させたくなるが、感情的になっても意味はない。

「どうして思い上がりだと？」

ぎゅっと拳を握りしめて、静かに言った。

気持ちを整理しながら、伝えたいことを整理する。しかし口調を取り繕う余裕はなかった。

「お互いを好きな二人が一緒にいるだけだ。たったそれだけのことで、なんで思い上がりだとか言われなきゃならないんだよ。オメガだろうがなんだろうが、映月やあんたと同じ人間だ。あんたがオメガを嫌うのは勝手だけど、価値観を映月に押しつけてコントロールしようとするのはやめろ。あんたを好きで尊敬しているあいつにも失礼だ」

一息で言い切り、水面から顔を出したかのように息を吸い込む。

悠星は半ば呆然と朔を見ていた。すぐに何か切り返してくる気配はない。わざわざ待ってやる必要もない、と朔は小さく会釈をしてくるりと背を向けた。

（追いかけてくるかな）

自分の態度が喧嘩腰な自覚もあったので、怒り狂っているかもしれないと想像する。そう簡単に激昂するような男には見えないが、今の悠星はどこか余裕がないような雰囲気だったのは少し気になった。

しかし予想は外れ、いきなり背後から摑みかかられることも呼び止められることもなかった。

二十歩ほど歩いた後、なんとなく先ほど立っていた場所を振り返り、異変に気づいた。

「……えっ」

悠星が歩道のガードレールにもたれるようにしてうずくまっていた。通行人がちらちらと視線を投げかけているが、気の早い酔っ払いだとでも思われているのか、声をかけられる様子はない。

踵を返したのはほとんど無意識だった。

うずくまる悠星のもとまで戻り、しゃがんで肩に触れる。青白い顔に汗が浮いているのがわかった。

「ちょっと、どうしたんだよ。大丈夫か？」

「なんでも……ない。少し、目暈がしただけだ」

悠星は鬱陶しそうに朔の手を振り払おうとしたが、びっくりするほど力が入っていない。去ろうとしない朔への文句らしき言葉をぼそぼそと吐いているが、あまりに弱々しくてほとんど聞き取れなかった。

貧血でも起こしたのだろうか。意識はあるし、一人でタクシーでも迎えの車でも呼んで帰ることくらいできるだろう。朔が面倒を見る義理もない。

――が、どうしても足が動かなかった。

「ああ、もう！　体調管理くらいちゃんとしろよな」

ちょうど空車のタクシーが走って来たのが見えて、朔は大きく手を振った。

タクシーに乗り込んだ後、悠星の鞄を漁って財布を見つけ出し、その中に入っていた免許証の住所を運転手に伝えた。座っているうちに落ち着いてきたのか、余計なことをするなとか助けてもらう必要なんかなかったとか文句を言っていたが、相変わらず顔は蒼白だし言葉にもいつもの鋭さがまったくなかったので、朔は相手にしなかった。

悠星の住居は都心の駅からほど近いタワーマンションで、タクシーで二十分もかからなかった。

しっかり悠星の財布からタクシー代を払って降りる。自分はそのまま最寄りの駅まで歩いて行こうかと思ったが、まだ悠星の足取りが覚束なかったので部屋まで支えて行ってやることにした。必要ないと意地を張られたが、貸した手を無理に振り払われることはなかった。

上階にある悠星の部屋の玄関を開けた瞬間、その広さに驚かずにはいられなかった。玄関から繋がった廊下の右側には二つの扉、左側にはバスルームへ続くと思しき引き扉がある。廊下の終端にある扉の向こうは恐らくリビングだろう。都心でこれだけの広さのタワーマンション……一体いくらかかるのだろうと考えると背筋が寒くなる。

「すげえ広いな……寝室どこ？」

「……ここでいい」

「今さら意地張るなよ。ほら、早く案内してくれ」

悠星は諦めたようにため息をつき、ゆるゆると正面を指し示した。

「リビングで休む。寝室には人を入れたくない」

ちっとも口が減らない。

言われた通りリビングへ入ると、朔の部屋全体の倍は軽くあろうかという広さだった。白を基調とした部屋の中はモデルルームのように綺麗で生活感がなく、余計に広く見える。家具もソファとテーブルの他、壁際に小さなサイドボードが置かれているだけで無駄なものは一切ない。

黒い革張りのソファに悠星を座らせ、勝手にキッチンを物色する。何か飲み物がないかと、部屋の広さに反して小さい冷蔵庫の中を開けるが、中には栄養ドリンクと水のペットボトルが数本入っているだけだった。

多忙でほとんど家に帰ることがないのか、ろくに食事していないのか。どっちにしろ、疲労で倒れるくらいの生活をしているのは間違いなさそうだ。

水のペットボトルを取り出してコップに注ぎ、テーブルにどんと置いた。

「まともな食事してないだろ。忙しいにしても倒れるまで放っとくとか、どんな生活してるんだ」

悠星はソファに体を横たえ、腕で目元を覆っている。埃一つない床にジャケットとネクタイが放られていた。

「……手間をかけて悪かった」

礼などは期待していなかったので、ぼそりとしたつぶやきに驚いた。まあ、もっと申し訳なさそうにしろとも思うが。

「いいよ、別に。こんなすごい部屋、滅多に入れるもんでもないし」

朔の給料では一生住めなそうな部屋を興味深く見回す。必要最低限生活に必要なものしかない合理的な部屋は、いかにも悠星らしい気がした。

ふと、サイドボードの上に何か置かれているのが気になった。この無機質な部屋の中で唯一そこだけが、生活感を纏っている。

近づいて見ると、小さな写真立てが一つ。そこには制服を着た少年とスーツ姿の青年が並んで写っている。それは確かに、映月と悠星だった。

中学の入学式のようで、校門の前で撮られた写真だった。映月はまだ悠星よりだいぶ背が低く、顔つきも幼い。けれど顔立ちには今の面影があり、にこりともしていない仏頂面はどう見ても映月だ。

隣にいる悠星は大学生くらいだろうか。映月とは対照的な笑顔に驚いた。朔と相対する時の悠星からは、笑っているところなど想像もできなかったが、弟の前では本来こんなに優しく笑うのだ。

見入っていたら、後ろからぬっと腕が出て来て写真立てを倒した。いつの間にか不機嫌な顔の悠星がすぐ傍にいる。顔色は先ほどよりだいぶよくなったように見えた。

「映月と仲がいいんだね」

「これからはわからない。君のせいで」

相変わらず憎まれ口を叩(たた)かれても、弱っている男はちっとも怖くない。

悠星は再びソファに体を沈め、コップの水を飲み干した。眼鏡を外して疲れたように目頭を押さえながら、ぽつりと言う。

「映月が俺に摑みかかってきたことなんて、今まで一度もなかった」

あの写真を見れば、昔から仲のいい兄弟だったのはよくわかる。親との関係がよくなかった分、兄弟の絆(きずな)は深かったのだろう。

「映月から聞いた。小さい頃から悠星さんがあいつの面倒を見てたんだろ」

「年が離れていたからな。両親とも家を空けていることが多かったたし、自然とそうなった。

「……理由は他にもあるが」

「……？」

「映月は待望のアルファだった。俺がベータだった分、映月にかけられる期待は生まれた時から凄まじかった。その映月の面倒を見れば、周りから褒めてもらえると思った」

悠星は口元にわずかな笑みを浮かべた。

「くだらない、幼稚な自己顕示欲だ。でも多分、始まりはそうだった。ちやほやされる弟に嫉妬して癇癪を起こすには、俺はものわかりのよすぎる子供だった。映月が成長するにつれ、対抗心を抱いたこともあるにはあったが……そんな不毛な感情はすぐ消えた。容姿も頭脳も、誰がどう見ても完璧なアルファの映月と、平凡なベータの俺は違う。だったらあいつを支えて応援してやれる存在になろうと思った」

悠星の言葉に、高校時代の自分を思い出す。あの焦がれるような感情に似たものを、悠星も抱いたことがあったのだろうか。

「映月は少し無愛想なだけで、反抗もしない子供だった。問題を起こすこともなかった

——君に会うまでは」

悠星の視線が、朔を射抜く。

「どうして映月なんだ？」

その声に苛立ちはなかった。ただ純粋に、朔へ投げかけられた疑問だった。

「高校を卒業してからずっと会っていなかったんだろう。映月が上等なアルファだから手放したくないのか？　だが、無理矢理別れさせようとする面倒な家族がいる相手だ。苦労するのは目に見えている。君は容姿も整っているし真面目に働いているのだから、条件のいい相手は他にいくらでも見つかるだろう。それとも……」

はっと息を吐き出し、悠星は力なく笑った。

「『運命の番』というやつか？　ベータの俺には一生理解できない概念だ」

そう言って窓の方に目を向ける。眼鏡を外しているのだから景色はろくに見えないだろうに、どこか遠くに浮かぶ何かを見ているような目をしていた。

なぜ映月なのか——悠星の問いに、自分なりの答えを言葉で紡ぐ。

「……俺だって『運命の番』とか、くだらないと思ってたよ。今も、そんなのがあるって確信しているわけじゃない。ただ、『運命の番』が替えの利かないたった一人のことを指すなら、俺にとっての映月はそうなんだと思う」

でも、と朔は悠星を見つめた。

「特別に大事な存在を持つことは、誰にだってあることだろう。あんたにも、そういう経験があるんじゃないのか」

運命だと定められているから惹かれるわけではない。そう信じたかった。

「……結婚しようと思っていた人がいた。彼女はアルファだった」

小さく、消えてしまいそうな声だった。

「五年近く付き合って結婚の約束もしていた。なのにある日突然、別れて欲しいと言われた。『運命の番』を見つけたからと。それきり電話も通じなくなって、家を訪ねても会ってくれることはなく、すぐに引っ越してしまった。それ以来……オメガと聞くとあの時の彼女を思い出す。一緒に生きていこうと思っていた人を奪われたと、制御できない怒りが湧いてくる」

テーブルに置かれた眼鏡を手に取り、かけるでもなく手の中で弄ぶ。朔が何も言えないでいると、しばらくして悠星はまたぽつりと漏らした。

「……本当は羨ましいのかもしれない。自分には手の届かない絆を持つ君たちが」

「…………」

「しゃべりすぎたな。どうかしていた、映月も知らないようなことを君に話すなんて」

眼鏡をかけてこちらを見た悠星の顔は、これまで通りの冷静で無感情なものに戻っていた。

「誰かに話したのは初めてだ。なぜ君に言ってしまったのか……自分でもよくわからない」

映月も知らない、悠星の過去の傷。それを知ったことで少し、彼という人間の芯に触れられた気がした。

「……そういう経験をした悠星さんが、オメガに苦手意識を持つのは普通だと思う。大事な弟の相手が男のオメガだっていうのが、受け入れられないのもわかるよ」

悠星が傷を見せてくれたから、彼のことを知ることができた。だからなのか、朔も誰にも話したことのない傷を見せるべきだと思った。自分のことも、知って欲しいと思った。

「知ってると思うけど、俺昔はアルファだったんだ」

「……ああ、確かそうだったな。あの時君のことはいろいろと調べさせてもらったから、知っている」

「その時はオメガのことがすごく苦手だった。可哀想な存在とも思ってた。親がシングルのオメガで苦労してたの見てたから、余計に」

優秀なアルファでなければ、自分には価値がないとさえ思っていた。だから急にオメガだと言われた時、目の前が真っ暗になった。どうしていいかわからなくて、ただ映月を責めることで精神を保っていた。

「映月とはいろいろあったし、オメガになったのはお前のせいだって責めたりもした。でも、それでも映月は俺のことを思い続けてくれて、俺がアルファでもベータでもオメガでも、なんでもいいって言ってくれたんだ。第二性関係なく朔が好きだって。俺もそうだ。映月がアルファかどうかなんて、今はもうどうでもいいよ。一緒にいられれば、それでいい」

言い終わり、恥ずかしくなって俯いた。急に愛の価値観を語るなんてどうかしている。強烈な惚気をかましたのと変わりない。傲慢で冷徹だと思っていた男の弱っている姿に、調子を狂わされてしまった。

けれど自分でも意外なほどどするすると出て来た言葉は、紛れもない本心だった。

馬鹿にされても仕方ないと思ったが、悠星は笑いはしなかった。ただ朔を見つめて、

「そうか」と言っただけだった。

「今日会うのは母親と兄貴だ。父親は仕事でいないらしい」

日曜午前の電車は空いていた。ちらほらいる乗客は大体、これから行楽地やショッピングなどに出かけるような私服姿ばかりで、スーツを着た男二人組は浮いている。

ネットで調べたら、実家への挨拶はスーツがベストとのことだったので迷わなかった。映月は服装なんてどうでもいいと渋っていたが、お前のせいで俺のマナーがなっていないとかネチネチ言われたらどうしてくれると無理矢理説得した。

「そっか。都合あわなくて残念だな」

そう言いつつも、少しだけほっとしていた。映月の両親どちらとも顔を合わせる心づもりではいたが、自分に好意的ではないとわかっている相手が一人減るのは、正直ありがた

いと思ってしまった。とはいえ、母親と悠星というだけで十分胃が痛くなりそうではあるが。

隣に座っている映月の表情はいつも通りに見えたが、膝の上で組み合わせた手を握ったり開いたりしている。彼なりに緊張しているらしい。

朔も昨日はあまり眠れなかった。何をどう話すか、どんなことを言われるのか……考え出したらきりがなかった。

（どんな反応でも、俺と映月の関係は変わらない）

ここ最近、不安になるたび言い聞かせていた言葉を、何度も心の中で繰り返した。

映月がそっと言って、冷たくなった朔の手を握った。

「大丈夫だ」

あまり饒舌（じょうぜつ）ではない恋人は、いつも欲しい言葉を朔にくれる。頷いて、大きな手を握り返した。

映月の実家は都内の有名な高級住宅街にあり、ターミナル駅で地下鉄に乗り換えた後は十分ほどで着いた。

整然とした駅前のロータリーには、タクシーと一般車が何台か停まっている。そのうちの一台、白い外国製の高級車の運転席側に、背をもたせかけるように立っている男がいた。

悠星だ。

青いセーターに黒いズボンという私服姿だったので、すぐには気づかなかった。スーツ姿の時は綺麗にセットされている髪も今は無造作で、かなり若く見える。

「わざわざ来なくていいのに」

映月が文句を垂れるが、悠星は構わず手振りで車に乗るよう促した。

「母さんが迎えに行けとうるさいんだ。久々にお前に会うのが楽しみなんだろう」

「まさか。どうせ彼氏と別れて暇になったから、俺にあれこれ口出ししてきたんだろ。いつもは見向きもしないくせに」

悠星は何も答えず、車を出した。

二人ともそれ以降口を開くことはなく、車内には沈黙が立ち込めた。兄弟の間に流れる刺々しい空気は、前に言い争った時から変わっていない。

ふと、バックミラー越しに悠星と目が合った。

数日前悠星との間にあったことは、映月には言っていない。弟には話したこともないと言っていた悠星の過去を、自分の口から勝手に語るべきではないと思ったからだ。悠星を助けたこと自体は隠す必要はないかもしれないが、弱っていた姿を弟に知られたくはないだろう。そう思い、話さないでおこうと決めた。

車が停まったのは、閑静な住宅街の一角にある、煉瓦造りの塀の前だった。

車を降り、塀に囲まれた家の大きさに圧倒される。二つの塔屋をシンメトリーに配置した白い洋館風の建物で、中央には重厚なファサードが待ち構えている。手入れの行き届いた庭も含めたらとんでもない広さだ。庶民の感覚では十分豪邸といえる周囲の家々が小さく見えてくる。

（想像はしてたけど、すげえ家……）

悠星、映月に続いて家の中に入ると、立派すぎる外観を裏切らない広い玄関が広がっていた。下はモザイクタイルで、上を見ればシャンデリアがぶら下がっている。壁にはよくわからない前衛的な絵が二枚。この玄関だけで、朔が今住んでいる部屋がすっぽり入ってしまいそうだ。

「待ちくたびれたわ」

内装に気を取られて、不機嫌そうな声が聞こえるまで人が来たことに気づかなかった。

声の主は、ぴったりとした黒いリブニットに真紅のタイトスカートを着た、背の高い女性だった。

顔を見た瞬間、彼女が映月の母親・京香(きょうか)であることはすぐにわかった。年齢も性別も違うが、目鼻立ちの印象がよく似ている。豪奢な美貌に隙なく化粧を施した、迫力のある美女だ。

三十代と二十代の息子がいるのだからとうに五十を越しているだろうが、あまりに若くて驚いた。軽く十は下に見える。若々しいとはいっても決して不自然な若作りではなく、円熟した大人の女性といった雰囲気だ。

「時間通りだろ」

靴を脱ぎながら、撫然として映月が言う。京香は綺麗なアーチを描いた眉をひっそりと寄せた。

挨拶しなければと口を開きかけたところで、京香は背を向けてしまう。朔のことは一瞥すらせず、手土産を渡す暇もなかった。

悠星に案内された客間は、これもまた豪華な内装と無意味なくらいの広さを誇っていたが、もう驚く気も失せた。

部屋の中央に置かれた長方形のテーブルには、向かい合わせで二つずつ椅子が並べられている。そのうちの一つにはすでに京香が座っており、退屈そうに赤く染められた爪を眺めていた。

京香の隣には悠星が座り、その向かいに映月と朔が座った。家政婦らしき年配の女性が紅茶を持って来てくれたが、とても口をつけることはできなかった。

朔の存在を認識しているのか疑いたくなるほど、京香はまったくこちらを見ない。にこやかな場になるなんて思ってはいなかったけれど、石ころのように無視されるのは、やはりきつい。

朔と一瞬視線を交わした後、映月が切り出した。

「電話で言った通り、俺のパートナーを紹介したい。結婚するつもりだから」

そこでようやく、京香の目が映月を、それから朔を捉える。見定めるような視線に無意識に背筋を伸ばして、朔は話を引き取った。

「はじめまして。深山朔と申します。映月、さん……とお付き合いさせてもらってます」

このまま結婚させてください、と続けてよいものか。躊躇していると、おもむろに京香が白い封筒をテーブルの上に置き、映月の方へ押し出した。

「……これはなんだ」

「お見合いの釣書よ。わがまま言ってないで、言うことを聞いてちょうだい。そろそろ博臣さんやお義父さんが口を出してくるわよ」

京香は優雅な仕草でティーカップを口元に運んだ。

「お義父さんのお友達のお孫さんですって。私も一度お会いしたことがあるけれど、大学を出たばかりの可愛らしいお嬢さんだったわ」

「母さん、電話でも話したけど見合いはできない。今隣にいる朔が、俺のパートナーなんだ」

京香の表情は変わらない。ティーカップをテーブルに置くと、呆れたような眼差しで息子を見た。

「どうしても別れたくないなら、結婚は別にして関係を続ければいいだけじゃない」

映月がぐっと眉を寄せる。

「馬鹿なこと言わないでくれ。そんな見合いの相手にも朔にも不誠実な真似、できるわけないだろ。あり得ない」

「馬鹿なことを言ってるのはあなたよ、映月。あなたはうちの跡継ぎなんだから、まともな相手と結婚するのは当たり前でしょう。よりによって男のオメガと結婚なんて、本家の跡取りがそんなことをしたらいい笑いものよ」

頬に手を当て、大きなため息をつく。

「あなたを心配して悠星をやったのに、どうしてこんなことになっているのかしら。……ねえ、深山さんだったかしら」

初めて、京香が朔を見た。

「悠星から事情は聞いているのでしょう。はっきり言うけれど、あなたは映月の結婚相手としてふさわしくないの。あなたが身を引くのが映月のためなのよ。百歩譲って、陰で恋人関係を続けることに文句は言わないわ。それでなんとか理解していただけないかしら。映月と同じ高校に通っていたなら、頭は悪くないはずよね？」

「母さん……」

躊躇いがちに窘(たしな)めるような声を出したのは、悠星だった。朔を侮辱するようなことは、映月を激昂させることに繋がると警戒したのだろうか。

何か言おうと朔が口を開きかける。が、映月に手で制された。

映月は落ち着いていた。母を見据える表情に、以前悠星に摑みかかったような激しさはない。

その顔を見て、映月も自分と同じ気持ちでいることを改めて知った。

今日ここに来るまで、どんな反応をされるのか、どう話せばいいのか何度も考えてきた。緊張や、軽蔑や罵倒を受けた時の怒りや悲しみで、まともに話せなくなるのではないかと不安だった。

いざその場面になれば——なんのことはない。自分が取るべき態度は、言うべきことは、はっきりしている。きっと、映月も同じだ。

「何度でも言うよ。朔と別れることはできない。他の誰かと結婚することもできない」

見慣れた映月の横顔は、揺るぎない意志に満ちていた。

「誰になんと言われても、朔自身が俺のことを嫌いになって別れたいと言わない限り、別れない。朔は男で、オメガだ。でもそれがなんだっていうんだ？　一緒にいちゃいけない理由にはならない。一人の人間として、朔と——愛する人と生きていきたいと思うのは、『馬鹿なこと』なのか」

映月は頭を下げた。

「朔を俺のパートナーとして認めて欲しい。別れさせようとしないで欲しい。望むのは、その二つだけだ」

朔も「お願いします」と言って同じように頭を下げた。目頭がじんわりと熱くなって、涙が落ちそうになるのを堪(こら)えながら。

沈黙が張り詰める。やがてそれを破ったのは、押し殺したように低い京香の声だった。

「……あなただけなんて、そんなの認められるわけがないでしょう」

余裕に満ちていたはずの京香の声は、少し震えている気がした。

「みんな、そうなのよ。家のために、家族のために……私だって、我慢して……好きな相手と仕事を諦めさせられて親の決めた相手に嫁いだのに、あなただけわがままを通すことなんて、できるはずがないわ。どうしてわかってくれないの、簡単なことじゃない。形にこだわらなければ丸く収まるのよ！」

ばん、とテーブルを叩いた京香の表情は怒りで歪(ゆが)んでいる。

顔を上げた映月は、そんな母親をじっと見た後に淡々と言った。

「わかった」

諦めたような、吹っ切れた顔だった。

「だったらもう話すことは何もない。二度とこの家には戻らない。じいさんと父さんには、話をつけておく。……兄貴」

映月は立ち上がり、悠星に頭を下げた。

「今までお世話になりました。——行こう、朔」

「待ちなさいっ、映月！」

立ち上がり、早足で出ていこうとした映月の後を慌てて追った。がたんと椅子を蹴って京香も席を立つ。

背後で、悠星に追いかけなさいと命令する声が聞こえる。

映月と悠星の仲を引き裂きたいわけじゃない。でも、映月を譲ることなどできない。

悠星の部屋にあった写真を思い出し、胸が締めつけられた。どうにかしたくても、どうしようもできないのだ——。

「もうやめろよ、母さん」

映月も朔も、思わず立ち止まって振り返った。

いきり立つ京香を宥めるように、悠星が立ち上がって彼女の肩に手を置いていた。

「形にこだわらなければいいなんて、よく言えるな。それじゃどうせ幸せになれないって自分が一番よくわかってるだろ。……映月の言う通りだよ。二人の関係は、俺たちが否定していいことじゃない」

諭すように言葉をかけられ、京香は美しい顔を驚愕に染めて息子を見た。

従順な『いい子』だった長男の、恐らく初めての反抗に呆然とする京香を置いて、悠星は映月と朔のもとへ歩み寄った。どこか晴れやかな表情だった。

そのまま二人をポーチまで見送り、悠星は弟の肩を叩いた。

「母さんには俺からもう一度よく話しておく。父さんにも。だから、お世話になりましたなんて別れの挨拶は取り消してくれ。俺からの電話はちゃんと出ろよ」

「兄貴……」

悠星は朔に向き直り、頭を下げた。

「深山さんも、今まで散々失礼なことを言ってすまなかった。恥ずかしい姿も見せてしまったし……でも、あの時の君の言葉で気づかされた。──映月を、よろしくお願いします」

そう言って微笑む悠星は、あの写真の中の姿そのものだった。

映月はぎゅっと唇を嚙んで、兄を抱きしめた。悠星は少し苦笑いして「でかくなりすぎだ、お前は。苦しいぞ」と小さく、嬉しそうに文句を言っていた。

映月の部屋に帰って来て、ばたんと玄関の扉を閉めるなり、二人とも同時に深く息を吐いた。なんだかおかしくて、顔を見合わせて笑う。

不覧邸の滞在時間は三十分程度だったのに、もう一日が終わった気がした。映月の父が不在で心底よかったと思う。母親だけでも強烈なのに、精も根も尽き果ててしまうところだった。

「予想通りだったけど、母親がひどいこと言ってごめん。ストレス溜まっただろ。体調大丈夫か？　お腹痛くないか？」

朔をぎゅっと抱きしめながら、子供の心配をしている映月が可愛く思えた。手を伸ばして頭をかき回しながら、「大丈夫だよ」と言う。

「お母さんに詰め寄られた時はさすがにちょっと緊張したけど……映月、ありがとう。あの時のお前、すごく格好よかったよ」

「思ったことを言っただけだ。……言えてよかった。朔のお陰だ。兄貴に認めてもらえて、よかった」

「うん、そうだな。でも一個だけ文句がある」

むぎゅ、と映月の頬をつねった。

「俺がお前のこと嫌いになるなんて、そんなんあるわけないだろ。ばーか」

映月は少し目を見開いた後「ごめん」と言って笑った。頬をつねられているせいで、完璧な美貌が変に歪んだ愛嬌のある笑顔になっているのが新鮮だ。

悠星と映月の抱き合う姿を見ることができて、本当によかった。絶対的だった母親の言葉を否定するのに、彼にどれだけの葛藤があっただろう。それを乗り越えて映月の味方でいてくれたことに心から感謝した。

願わくば……また再び、誰かを愛することができるようになって欲しいと思う。自分にとっての映月のような相手が、悠星にもいつかきっと現れるだろう。その時は心から祝福したい。

「そういえば……一つ気になったんだけど」

「ん？」

「兄貴が言ってた、恥ずかしい姿ってどういう意味だ？」

ものすごく深刻そうな顔で、恐る恐るたずねてくる。そういえば別れ際、悠星が言っていた。

下手に隠して誤解を生むよりは正直に言った方がいいと思い、先日悠星との間にあった出来事を伝えた。部屋まで送り届けたと言うと、映月は眉を寄せた。

「部屋に入ったのか？」

「入ったよ。ふらふらだったもん。すげえタワマンでさ、そんなとこ入るの初めてだったから、ちょっとわくわくした。お前の写真が飾ってあって、仲いいんだなって思って——あ、本当にただ病人を送っただけだからな？」

もしかして嫉妬しているのだろうか。

映月は唇を引き結んで、いきなり朔を抱き上げた。そしてそのまま寝室に連れて行かれてしまう。

「なんか嫌だ。朔に触られたと思うと……」

朔をベッドに横たえてのしかかってくる映月は、ふてくされた子供のようだ。

「送っただけだって――あ、おい……」

するりとネクタイを外され、ボタンを緩められる。同時に深いキスを与えられて体から力が抜けてしまう。

アンダーシャツまですっぽり脱がされ、あっという間に上半身を裸に剝かれてしまった。何度肌を重ねても、こうして裸を晒すのは気恥ずかしい。まして今は真っ昼間。カーテンの向こうは白い光が満ちていて、電気を点けずともお互いの姿がはっきり見えてしまう。

「当分しないんじゃなかったのかよ……」

「触るだけ」

と言いつつ、自分も服を脱ぎ始めている。だが映月のことだ、少しでも朔の負担になりそうなことは絶対にしないだろう。言葉通り本当に『触るだけ』で終わらせるだろうが……こっちがそれで我慢できる自信がない。

ぴったりと隙間なく肌を寄せ合い、頰や首筋、肩にキスを落とされるだけで、呆気なく体中が熱を帯びていく。擦り合わせた脚の間が切ない。息を吸い込めば、嗅ぎ慣れた甘い香りが鼻腔に満ちる。

映月はいつも、壊れ物を扱うように朔に触れる。時間をかけて、少しずつ丁寧に開いていく。朔が少しでも苦しそうな顔をしたら、必ず行為を止めて「大丈夫か？」と聞いてくる。

大切にされるのは嬉しい。でも、もどかしい気持ちもある。どんなに激しくされても、今の自分なら受け止められるのに。

「っ、あっ、んぁ」

映月の手が肩や胸に触れるたび、たったそれだけで体がびくびく跳ねて、抑えられない喘ぎが漏れ出てしまう。

いつの間に、こんなにいやらしい体になってしまったのだろうか。これで発情期が来たら、本当に狂ってしまいそうで恐ろしい。

「朔、なんだかいつもより匂いが……すごい」

陶然として、映月がつぶやいた。

いつの間にか、映月の体は朔と同じくらい火照りじっとりと汗ばんでいる。朔を見下ろす顔が赤い。

そこで初めて、むせかえるような甘い匂いが部屋中に充満していることに気づいた。朔自身、熱に浮かされたように映月の愛撫に夢中になっていて、気づかなかった。

普段と明らかに違う体の熱、昂り、そしてこの匂い。

「え、嘘。ヒート……？」

間違いない。ずっとご無沙汰だったが、長年付き合ってきたヒートの感覚を間違えようもない。

……ということは。

「朔、どうした」

急にがばっと布団の中に入ってしまった朔に、映月は驚いて声をかけてくる。

(恥ずかしい……！　妊娠してるかもなんて勘違いじゃねえか！　なのにあんな情緒不安定になって、無駄に酒とかコーヒー避けたりして……！)

本当に、たまたま遅れていただけだったのだ。きっと、映月と付き合い始めて環境が変わったり、仕事が忙しくなったりしたことが影響していたのだ。実家への挨拶も終えて肩の荷が下り、恋人のフェロモンに誘発されて無事ヒートが来たということか。

「うう……もうやだ」

「なんで」

「勘違いなのに人生の一大事みたいな顔して堀川に相談したりしてた……恥ずかしすぎる」

布団を捲(めく)られ、映月が頬に口づけてきた。

「まだ朔と二人の時間が楽しめるし、俺は嬉しいけど。子供、欲しいなら今作るか？」

笑いを含んだ声で語りかけながら耳を優しく噛まれる。たったそれだけで息が上がった。

ああ、本当にヒートだ。

「……お前はどうしたい？」

「正直、子供はどっちでもいいから今は早く朔としたい。朔の匂いを嗅いだら、余裕がない」

「本音が出たな」

ふふっと笑ってみせたが、もちろん朔にも余裕などない。早く映月を受け入れて、ぐずぐずに蕩けたい。

映月を抱き寄せようと手を伸ばしたら、不意に映月が体を離してベッドを下りようとした。

「抑制剤飲んでくる……このままだと、抑えられる自信がない」

映月の息が荒く、股間のものがもうすでに兆しているのはわかっていた。

しかし、朔は構わず映月に飛びつくと、力任せにベッドに引き戻した。

「抑えなくていい。お前の好きにしろ。俺は大丈夫だから」

映月がぎょっとして朔を見る。動揺と躊躇い、そして欲情がごちゃ混ぜになった瞳。ぞくぞくした。

「めちゃくちゃにしていい、から」

でも、とまだ躊躇う唇にキスをして黙らせた。舌を深く絡ませると、怯えたようだった映月の舌もじきに応え、獰猛な獣が組み敷いてくるのに時間はかからなかった。

引っ越しの時、丈夫で大きな新しいベッドに買い替えていてくれて本当によかったと思う。そうでなければもうとっくに壊れているのではないかと思うくらい、二人してただの獣になっていた。

「あ、あっ……う」

うつぶせで腰だけを高く上げた格好で後ろから突き入れられ、朔は何度目かわからない絶頂を迎えシーツを汚した。同時に、体の奥で映月が弾け、熱いものに満たされたのがわかる。

剛直を抜かれると、くったり力が抜けて体がベッドに沈む。はあはあと荒い呼吸が二人分、薄暗くなってきた部屋の中に響いた。

息を整えられるとほっとしたのも束の間、体をひっくり返されて足を抱え上げられた。ひくひく収縮してはとろりと白濁を垂れ流している蕾に、一瞬で硬さを取り戻した切っ先があてがわれる。

「んっ……あ、あぁっ！」

奥まで一気に貫かれ、掠れた悲鳴をあげた。何時間も、こうして絶え間なく快楽を与えられ続けている。甘い香りに酩酊しながら、ただひたすらに恋人の体を貪っている。

発情期に映月とセックスするのは三回目。けれど、気持ちが通じてからはこれが初めてだ。お互いの欲望を解放して本能のままに求め合うのが、これほど強烈な快楽を伴うのだと知らなかった。発情が苦しいだけではないことも、初めて知った。

ゆるゆるとした動きがまた頂上を目指して激しくなっていくのにつれ、嬌声の間隔も狭まり、さらに甘く高くなっていく。

「あっあっ、や、やめっ、もう、しぬ、しんじゃう、から……」

息も絶え絶えに訴えると、中をどろどろにかき混ぜていた映月の動きが不意に止まった。

ふーっと息を吐き、湿った前髪の間から潤んだ目を朔に向ける。常に凛として理性的な男の、情欲で蕩けた瞳に心臓が鳴った。

ずるりと引き抜かれる感触に「あっ」と声が漏れ出た。何が起きたのかわからず目をぱちくりさせていると、汗に濡れた額をそっと撫でられる。

「ごめん……無理させた」

朔のやめてという訴えを律儀に聞き入れて、理性を総動員して行為を中断したのだとわかるまで、しばし時間を要した。

「え、え……あ、えっと」

確かに、死にそう、やめてと言ったけれど。気持ちよすぎてわけがわからなくて口走ってしまっただけで、本当に苦しくてやめてほしいわけではなかった。

なのに映月は深呼吸をしながらゆっくり身を離し、瞑想でもするように目を閉じている。

ぎゅっと眉を寄せている様は、煩悩を振り払おうと必死になっている修行僧のようだ。オメガのフェロモンに抗うのは死ぬほど辛いはずなのに、必死に耐えている。自分の欲望より朔の体を当然のように優先する。その姿が、いじらしくてたまらなかった。

がばっと抱きつき、硬直する映月の耳元で囁く。

「馬鹿、やめんな。よすぎておかしくなりそうで、ちょっと怖かっただけ……ここでやめられる方が辛い」

どくどくと映月の心臓の鼓動が伝わってくる。躊躇いがちな仕草で、朔の背に腕が回された。

「本当に、無理してないか。俺のこと気遣ってるなら——」

「気なんか遣う余裕ねえよ。お前がもっと欲しい。いくらあっても足りないくらい」

視線を交わし、唇を重ねた。向かい合って座り、映月自身の上に腰を落としていく。熱い塊がゆっくりと、どこまでも奥深く入って行く感覚を味わい、熱い息を吐き出して映月の耳朶をくすぐった。

「あ……ん、ふ」

すべてを収めたところで、もう一度キスをする。唾液と舌を深く絡ませ、唇を離しても白い糸が二人の間を繋いだ。

「……映月」

「ん?」

「好きだよ」

「俺も好きだ」

「これからさ……ずっと一緒にいてくれるか?」

「当たり前だ」

「子供ができてもできなくても、俺がじいさんになっても?」

「ずっと一緒にいるよ」

映月を抱きしめる腕に力を込めた。もうこの体を離せない。離さないと誓った。

「咬(か)んで」

映月が目を瞠(みは)る。

「いいのか……?」

震える声に、強く頷いた。

「番にしてくれ。俺には、映月だけがいればいい」

夜空のように黒い目が瞬いた後、光の筋が頬を伝って流れ落ちていく。濡(ぬ)れた頬にキスをして、「待たせてごめんな」とつぶやいた。

映月はかぶりを振り、折れそうなほどに朔を強く抱く。朔の背を再びベッドに沈めて、縋(すが)りつくようなキスをした。

「俺も、お前だけだ。朔だけいればもう他に何もいらない。愛してる、ずっと」

頷いたり、何か返事をする余裕はもうそこからなかった。激しい律動に、甘い快楽の渦へ突き落とされ、ただ流れに身を任せることしかできなかった。

何度も名前を呼ばれ、キスをされて、愛していると囁かれ……その瞬間が来たのは、随分後だった気がする。

背後から火傷(やけど)しそうなほど熱い息と舌が、首筋を撫でていったのを覚えている。直前、映月が何か言っていたかもしれない。でももうほとんど、朔には聞こえていなかった。

目の覚めるような痛みが、首の辺りを突き刺した。そこから稲妻のような衝撃が爪先まで走り抜け、目の前が白く弾けた。痛みと取り違えるような快感に、声も出ない。

ただ映月だけのものになったのだと、深い充足感と幸福感が全身を満たしていた。

……ずっと恐ろしいことだと思っていた。けれどその瞬間になってみれば、恐怖も迷いも、それ以上の愛しさ(いと)が吹き飛ばしてしまっている。

愛し愛されるただ一人の番を得たのだ——そう思ったら、全身から力が抜けていった。温かい恍惚(こうこつ)の果てに身を揺蕩(たゆた)わせながら、朔の意識はゆっくりと沈んでいった。

目を開いたら、部屋の中は真っ暗だった。身を捩(よじ)って窓の方を見遣(みや)る。カーテンの隙間からは、暗い闇が漏れ出ている。車の音も聴こえないほどに静かで、もう真夜中なのかもしれない。

眠りに落ちる直前までありとあらゆる体液でべたついていたはずの体は、さっぱり綺麗になっていた。

手で隣を探ると、温かい素肌に触れた。規則正しく聞こえてくる寝息。愛しい番はまだ夢の中にいるようだった。

いまだじくじくと甘く疼く首筋に触れた。指先で微かな歯型の凹凸を感じ、決して消えない証が自分の体に刻まれたことを実感する。

穏やかに眠っている映月に顔を寄せた。見ているだけで、強烈な愛しさが込み上げてくる。

抑えがたい衝動とちょっとした悪戯心に駆られて、映月のうなじを甘噛みした。

ん、と小さく呻いて身じろぎするが、目覚めるには至らなかったらしい。よほど疲れたのだろう、無理もない。

刻んだ小さな歯型をなぞった。すぐに消えてしまう所有の証。消えても、何度でもつければいい。これからは毎日、こうして隣で眠るのだから。

「俺も、愛してるよ。ずっと」

たった一人の運命の番の耳元で、囁いた。

あとがき

はじめまして、春田梨野と申します。このたびは『君の運命になれたなら～初恋オメガバース～』をお手に取ってくださいまして、誠にありがとうございます。

本作は二人が結ばれるまでを描いた本編と、その後日談という二部構成になっております。本編はシャレード文庫様の投稿募集に応募したものです。採用のご連絡をいただいた後は、何かの間違いかもしれない……と悶々としていました。担当様とお話ししても、しばらくずっと信じられない気持ちでした（なんなら今も少し疑ってます）。

オメガバースを下地に高校生から社会人にわたる長い恋愛を書き、切ないけど最後はハッピーを意識したつもりですが、いかがでしたでしょうか。終始朔の視点で物語は進むのですが、映月の方は高校を卒業してから朔と再会するまで、何を思ってどう過ごしていたか、指輪を買った時はどうだったのかなあ、とか想像したりしています。

後日談は書籍化が決まってから新たに執筆したのですが、一度くっついた二人をどうかき乱すか悩みました。なるべく辛い思いはして欲しくないなあと思いつつ、何も起きなければ話が生まれないので、映月のお兄ちゃん・悠星に嫌な役どころを担ってもらいました。最初、悠星は二人の仲を応援する人物としてプロットを書こうとしていたのですが、あまり話が思いつかず、朔をいじめる神経質クール眼鏡にしたところ、すいすい筆が進みました。

そして、まさか榊空也先生にイラストを描いていただけるとは……本当にありがとうございます。あとがきを書いている段階ではまだイラストを拝見してないのですが、私が作ったキャラたちが先生の繊細で美しい絵柄でどのように表現されるのか、毎日妄想しています。ものすごく楽しみです。

ど新人の投稿作を拾い上げ、書籍化という決断をしてくださった編集部様には感謝してもしきれません。発売に関わってくださったすべての方、そして読者の皆様、心より感謝を申し上げます。もしほんの少しでも心に触れる何かがあれば、厚かましいお願いですがご感想をいただけたら、本当に嬉しいです。寿命が伸びます。

それでは、またお会いできることを願って。

春田梨野

本作品は書き下ろしです

春田梨野先生、榊空也先生へのお便り、
本作品に関するご意見、ご感想などは
〒101-8405
東京都千代田区神田三崎町2-18-11
二見書房　シャレード文庫
「君の運命になれたなら～初恋オメガバース～」係まで。

君の運命になれたなら～初恋オメガバース～

2022年12月20日　初版発行

【著者】春田梨野

【発行所】株式会社二見書房
東京都千代田区神田三崎町2-18-11
電話　03(3515)2311[営業]
　　　03(3515)2314[編集]
振替　00170-4-2639
【印刷】株式会社 堀内印刷所
【製本】株式会社 村上製本所

落丁・乱丁本はお取り替えいたします。
定価は、カバーに表示してあります。

ISBN978-4-576-22176-2

https://charade.futami.co.jp/

今すぐ読みたいラブがある!

西 門の本

もう、放さねぇから。

二人の被写界深度

イラスト＝橋本あおい

早くに両親を亡くし、親代わりだった兄夫婦も亡くした昴。今は幼稚園児の甥・玲央と二人暮らし。二十歳の昴には大変な毎日で、お向かいに住む司波家だけが頼り。昔から昴を実の弟のようにかわいがってくれる健人。昴は、健人へずっと片想いをしていた。しかし、健人の優しさを裏切れないと、一生恋心を隠すつもりだったが…？